残念こそ俺のご馳走。✦そして、

ベストコラム集✦バッキー井上

ミシマ社

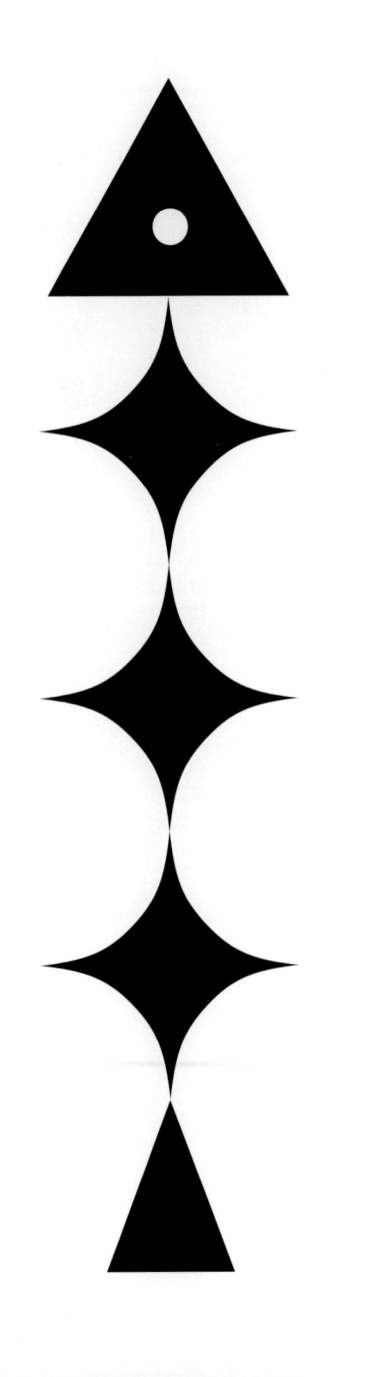

# ✦まえがき

「なぜ踊らないイノウエ、街のカーロス・リベラよ」と宣言したと思ったら、ココロ折れても生きるとわめきだし、美人おっさん論をぶち上げ、やんちゃなハタチの奴らとの戦いを赤裸々《せきらら》に書き、「酒よ酒よ、酒さんよ」とドリブルした途端に「酒は時間の引換券」だと書いている。

イノウエのイノはイノベーションのイノだと吹いたあとに伝説のアゴ族しゃくれ協同組合で泣きに入り、傷があるから不況に勝てる、手間を惜しめば人生に泣くなどとそれらしいことを言っている。

そして挙げ句の果てには「百の扉、千の酒は俺達の不滅の動機」とか「全部許して飲もうじゃないか」と叫んで何もかも肯定し始めている。

いったい俺は何をして何を伝えようとしているんだ。

権藤《ごんどう》、権藤、雨、権藤。モカマタリやパリーグの男。祈りとバクチは別の世界と言い放ったワイン一〇本男。酒場ライター養成講座を裏寺《うらでら》の居酒屋で開催。鷲田清一先生が朝日新聞で連載されている折々のことばに取り上げていただいた「あー手練れ、あー修繕」の文章はなんと錦市場《にしきいちば》の漬物屋で発行している新聞に書いたものだった。

意味不明ゾーンに入ると、「森の住人」「ヘンコリスト」「赤三兵」に「シアワセの火の玉」「絶壁の証明」「トゥモローカムバック」ときて最後に「安物のスッポン、サカズキチ

ユウチュウ」で締められている。

拾い続けてきたフレーズは子供の頃と六十を過ぎた今も水道の青いホースみたいなものでつながっている。子供の頃に親父から授かった太モモ馬カポリは俺がしっかり受け継いでたくさんの女性達にやってあげたし、おやすみマイボーイも歌えるし、何かに目覚めた小三の夏休みから白髪のおじいになった今までずっと同じことをし続けている。

けれど岡林信康が歌っていた「もう随分長い間見ることもないが　遠い日のぼくの春には　つばめがとぶ」という歌をくちずさむことはなくなり、コロナ禍以来、六十一歳の俺は近藤真彦のハイティーン・ブギばかり歌っている。

「ハイティーン・ブギ　未来を俺にくれ　ハイティーン・ブギ　明日こそお前を　倖せにしてやる　これで決まりさ」

さあ今宵も地団駄というステップを踏んで街で飲もう。それでいいと思う。

本書は、『Meets Regional』
（京阪神エルマガジン社）の
創刊以来31年にわたり
「百の扉、千の酒　露呈した、
行きがかりじょう。」
と題して連載されたもののうち、
56本のコラムを再構成し、
加筆・修正を加えたものです。

## 第1章 百の扉、千の酒
（二〇〇四年〜二〇〇七年）

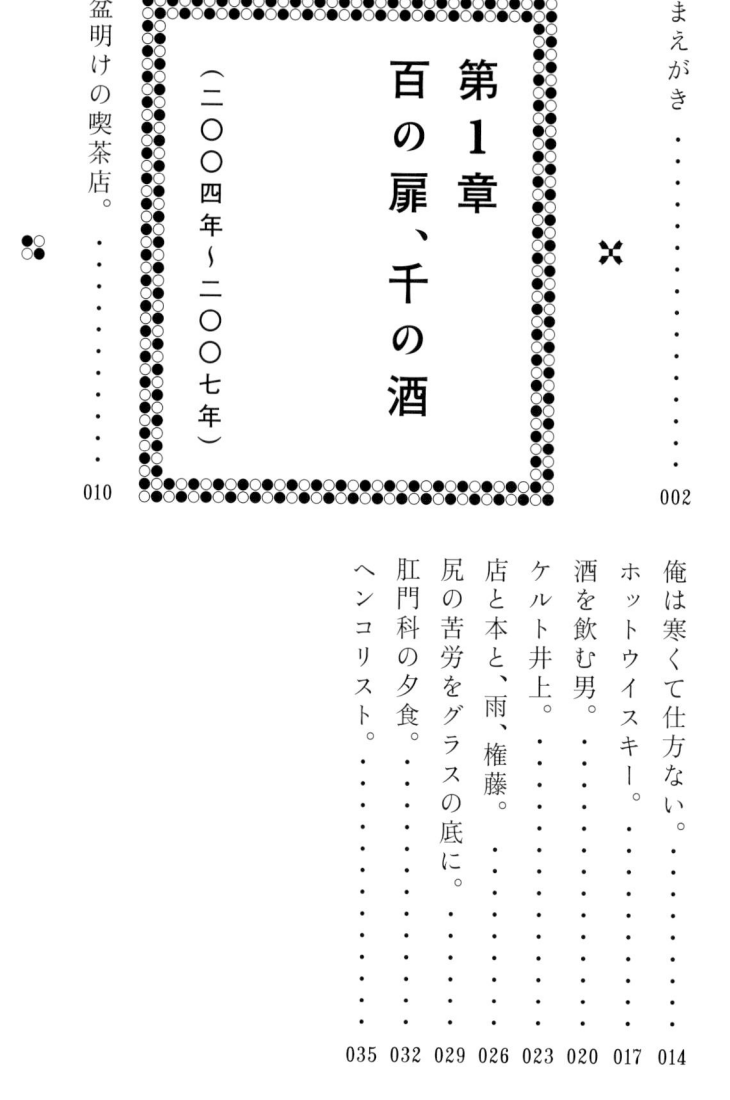

## 第2章 ハプンド・ハピネス

（二〇〇八年～二〇一〇年）

## 第4章 またしてもきつい旅

（二〇一四年～二〇一六年）

## 第5章　ココロ折れても生きる

（二〇一七年～二〇二〇年）

# 第1章
# 百の扉、千の酒

（二〇〇四年～二〇〇七年）

# 盆明けの喫茶店。

事務所が狭いので打ち合わせをするスペースがない。一対一ならできないこともないが机のまわりに非常に恥じらいを感じているので来客があれば必ず近所のどこかに行く。たいていはすぐ近くのコーヒーショップ「キノシタ」へ行くがそこでは相手と向き合う体勢になることと、ママの手前もありなんとなく行儀よくしていないとダメなので「キノシタ」は目上の人や背広の人が来たときに行く。仕事仲間との打ち合わせや街の奴らが来て話をしに行くのは一番近くの「サンマルク・カフェ」や「ドトール」なんかが多いが、商品受け渡しの辺りが渋滞や混雑していれば入らない。それにテーブルが小さいのでA4の紙がないと話ができない俺には（マルチ商法をしているわけではないが）不利なフィールドなので近いという以外にそんな店へ行く動機はない。

高校野球がやっていた夏のある日、百練《ひやくれん》の店長である「泥縄《どろなわ》の男226」とカイゼンについて打ち合わせしようと思ったら土砂降りの雨だったので行く店は「アーケードの中の」という

条件が付き路地の中の「エジプト」という喫茶店に入る。この店はテレビがあり週刊の漫画がありスポーツ新聞ももちろんある俺の好きな昔ながらの業態の喫茶店。けれども店の人もお客さんもいわば錦市場という村の人が多く、ゆうべに起こった話や俺の周りの奇妙な人々の話が聞こえたりすると錦市場の人達に誤解されるのでひとりで行くことがあっても誰かと話をするときには保身的な心得から行かなかった。

●○
○●

「泥縄の男226」と俺が店に入ったとき、カウンターの横のテレビは高校野球。東北高校のダルビッシュが土砂降りの中で投げていた。千葉経大附属を完封していて九回表だったのでふたりとも話をせずに見入ってしまう。昔は高校野球を見ることもなかったが、少し前から高校野球を無言でジーッと見るようになった。見るのはどのチームでもよく、何かを見たいでもないのによくジーッと見ている。

高校野球は俺に何を感じさせてくれているのか。体に憶《おぼ》えのある夏の終わりの暑さと体も心もだるくなる空気に包まれながら見る高校野球は、少年だった俺がいた頃への通気口なのかもしれない。俺が少年だった頃がいい時代だったとは思わないが、あの頃たまたま俺が子供だったせいでやり残したと思われることはたくさんある。何でも早く知っていればそれだけでモテ

ていた時代だったと思うから、あの頃に俺が大人ならと思うとゾクゾクする。あ、けれどもあの頃はカネがないとあかんかな。そんなことないそれはまた別の話か。でも昔の女優は足が太くて素敵だった。

●○
○●

高校野球を見て過ぎた時代に行きたいと思うのだから、俺はもう疲れてる。けれども疲れたと言ってしまうと何にでも何処まででも誰にでも疲れてしまいそうで、そのフレーズは俺のあいだで三十年間使用禁止だった。疲れるのはよくあることだし寝てしまうか飲んでゴキゲンになってしまうかすればすぐ直るが、疲れたと言ってしまうのは怖いことだ。それが怖いから俺は疲れたと言いそうになったらジャングルの中を行軍しているときのことを思い出すようにしている。隊列から離れれば見たことのないような虫や真っ赤なヒルや死体の中で一晩過ごさねばならないから俺はカラ元気を出している。腰が痛いや痛風で歩けませんなどと言っても誰も担《かつ》いでくれないし、痛いとか疲れたなどと言ってみんなも疲れたとか痛いと言い出すのが怖い。疲れてなければ虫や真っ赤なヒルなんてどってことない。疲れたと言える乳房よ。

●○
○●

日本のプロ野球というか昭和のプロ野球もいよいよアメリカンスタンダードな野球に変わっていくようだ。淋しいけどどっちでもいい。それはそれですぐに遊び方や楽しみ方は見つけられる。こないだ東京にいたのでふと思いついて神宮球場へ行った。ヤクルト対中日。どちらも嫌いなチーム。中日が優勝したらオレ流（落合博満）がしゃべりまくりそうやから空いている中日側に座りヤクルトを応援していた。練習から九回までゆっくり見てとても満足した。たくさんのみやげ話も見つけた。五十嵐の球の速さ、マウンドへ行く痩せたオレ流、古田の身体能力、真中《まなか》はデブだった、先発紀藤《きとう》の通知簿3のオーラ、英智《ひでのり》の返球とキャッチボール、球場の鳥のモモ焼き、国産ではなくスコッチの水割りを売っていた女の子の売り子、ネタはいっぱいあった。野球場にはそれを見つけてそれを誰かに話せる時間がある。そして手に汗を握る瞬間も同時に存在してる。連れていった女性に知ったかぶりもできる。試合が終わってもまだ九時半。夜はまだまだ続く。あー、というしかない。

# 俺は寒くて仕方ない。

俺は年々寒がりになってきている。もともと子供の頃から寒がりで、朝に布団から出られる人は血が通ってない人だと思っていた。

大人になってからも一年ごとに寒さに敏感になり、去年の冬は長袖のTシャツ、カシミヤのタートル、ネルのシャツ、ウールのセーター、防寒コート、腰には毎朝ホカロンを貼る、という出で立ちあるいは装備だった。

地球温暖化を加えると、寒がり度はかなりの勾配《こうばい》を描いて進んでいる。ちなみに真夏でも必ず長袖の綿のセーターを紙袋（俺のカバン）に入れている。

そして今年も冬がやって来た。去年以上に俺は厚着をしないといけないのか。伊達《だて》の薄着などとんでもない話。ハンサム形無しだ。薄去年以上にコロコロにならなあかんのか。薄くて柔らかくて肌触りが良くて見た感じも寒くない服はないのだろうか。キレた服屋の親父はニーズを受けるタイプではない。今年もホカロンの貼りを増やすしかないか。

三十年ほど前、同志社の教会であった街の後輩の結婚式に列席するためタキシードを着て米軍払い下げのボロボロのフルオープンのジープに乗って行った。教会の前に乗り付けるまではカッコ良かったが帰りが土砂降りの雨でみんなに笑われた。

そのジープの所有者だった防水屋の男が四条河原町で立ち飲み屋を始めたので最近よく行く。「コンピ」というエルメス色のその立ち飲み屋のカウンターでいつもニコニコしている防水屋の男を見るだけで俺は楽しくて仕方ない。俺はいつもその店でウイスキーをストレートで飲んでいるが、幼馴染みのワイン一〇本男は例によってここでも高級なワインを毎日一本か二本飲み干しに来ている。

昨日も俺がウイスキーで彼がワインを飲んでいるとき、小学校の頃に駄菓子屋でラムネとチェリオを一緒に飲んでいたのと何も変わっていないと思った。

ハタチの頃はそれが肉体労働のあとのビールと日本酒だった。

そのワイン一〇本男が「渥美清の泣いてたまるか」のDVDを全巻貸してくれたので真夜中に家で飲みながら見ている。昭和四十一年。左卜全《ひだりぼくぜん》、藤村有弘、殿山泰司、小沢昭一、春川ますみ、市原悦子、浦辺粂子《くめこ》、俺はまだ七歳のはずなのに何故かよく憶えている絵図と音。なんだか泣けてくる。

ワイン一〇本男がこれを見てから一日中「天《そら》が泣いたら雨になるー」のフレーズが頭から離れないと言ってたのがよくわかった。

俺は今夜も手を動かしながら酒を飲むだろう。

一年ぐらい前に息子が結婚をすると言ってきた。そのときに俺は、収入や心変わりや浮気、仕事の変化などを含めて、まだしないほうがいいのではと思った。けれども彼は結婚をした。

そして先日、長女が生まれたというので産婦人科に行くと息子夫婦が赤ちゃんと一緒にいた。ふたりともなんか輝いていた。俺はその瞬間、俺は醜《みにく》い考えをしていると思った。将来を不安視した自分が哀れだった。

いつの間にか俺も大人になったのか。もがいているうちに孫ができてしまった。しかも女の子。可愛くて仕方がない。俺は勉強が足りない。

三条御幸町《ごこうまち》周辺のいわゆる田の字区域は新しい店が次々にできている。近所に住んでいるので新しい店に行ってみようとするのだが、入る寸前でいつも躊躇《ちゅうちょ》する。そして入るのをやめて通い慣れた店に行ってしまう。

新しい店が良くないと思うわけではない、内容やサービスも入ってないからわからない。けれども入る間際でいつも足が止まる。それがなぜなのかずっと考えていた。

俺のココロのどこかで、店は探すものではないと思っているからだろう。店は縁があり、行きがかりじょうがあり、それで行く店が増えていく。そして縁のあった店が恋しくて覗《のぞ》くだけでも金も体も限界だ。

# ホットウイスキー。

恐ろしく底冷えのする京都の町家で朝早くから水仕事をしていると体がほてってきて昼頃には寒くなくなっているが、疲れてくる夕方になるとまた寒くなる。どちらかというとその寒さは体よりもココロ的なものなので、六時頃になるといったん店を抜け出して防寒コートと防寒ズボンと長靴を履いたまま寺町の「バー・サンボア」にホットウイスキーを毎日のように飲みに行く。

ギーッとドアを押してストーブに近い椅子に腰掛ける。ホットウイスキーを毎日飲みに来ているのだがホットウイスキーは頼みにくい。マスターがカウンターから一度出て、年季の入ったガスストーブの上に置かれているヤカンの湯を取らないといけないので面倒だろうなと思うから頼みにくい。

しかし一杯目は必ずホットウイスキーを飲ましてもらう。この店の冬のホットウイスキーは無茶苦茶うまい。俺は世界一うまいと思っている。立地条件も世界一だ。仕事の途中で行けば一杯しか飲めないからそれはそれはたまらん酒になる。

俺はそんなこともすべて頭に入れ、条件を巧《たく》みに揃えて酒を飲んでいる。しかしそれはチョット気持ち悪い男になる前兆でもある。

●●

アルバイトにきたハタチの女の子に「君も森の住人になりたいか?」と言ってしまった。ハタチの女の子はなんのことですかと怪《け》訝《げん》そうな顔をしていたが俺は他のスタッフを指さして「彼と彼女は森の住人、あの彼はそうじゃない」と言うとハタチの女の子は理解した様子で「イノウエさんはなんですか」と訊いてきたので「それは言えへん、この話はもう終わり」と言うと彼女はその日からあまり俺に近寄らなくなった。勘のいい奴はこういう話を核心まですぐに理解する。

翌日、ハタチの女の子の視線の色が違っていたので「俺は森の住人ではない、俺は森の旅人や」と言うとハタチの女の子は「ハイ」と答えて頷《うなず》いていた。

●●

毎年、大晦日の夜まで仕事をして酔って寝てしまい気がつけば元日の朝になっている。白味噌の雑煮《ぞうに》が無性に食べたくなりお屠蘇《とそ》が飲みたくなるのは、シアワセの証だと呟《つぶや》きながら新聞受けまで分厚い新聞を三紙も取りに行く。

ふと気がつけばさびしい正月になった。俺が子供の頃は親戚中が集まって年に一度だけ会ういとこやおばちゃんや怖いおっさんなどが数十人入り交じってそこら中で酒を飲み、

そこら中で花札やサイコロなどのバクチが夜中まで行われていた。おせちの重箱も数セットあったしゴマメやタタキゴボウや数の子などの人気品目は大鉢で大量にあった。

　おばちゃん達は酒を持って動き回りしゃべりまくっていた。それぞれの金額は少なかったがたくさんの人達からお年玉ももらった。バクチと酒が好きなおっちゃんはいつも財布からお札を「ホイ」とくれるので俺はいつも格好ええなあと思っていた。

　そんな正月が少しずつ変わってきて本家に行っても一五人ほどしか集まらなくなった。バクチもなくなった。来年は酒とバクチだらけの正月にしたい。


　俺がよく行く店のほとんどは夫婦または身内で営業をされているので、さすがに正月の三が日は行くところがないのでいつも困ってしまう。

　仕方ないから相棒とチョット歩いてはうどん屋でも中華屋でも入ってチョットつまんでは飲んでまたブラブラするを繰り返していた。ふと中華屋に貼ってあったポスターを見ると今川義元から織田信長の手に渡った刀剣が展示されていると知ったので京都国立博物館に行くとガラガラだったので貴族になったような気がして得をした。

　せっかく南に下がったので伏見稲荷にスズメを食いに行くも間食ばっかりしてはアカンと思い、賑やかな参道を歩いただけで何もせずに街に戻った。街はほんとに楽しい。

# 酒を飲む男。

相棒の親父さんが亡くなられた。下鴨で造園土木を若い頃から初代で営まれていた方で、病院には親父さんところの若い衆がたくさん集まって来ていた。病院で夜の八時半に亡くなられ、若い衆達と親族とで下鴨の家にお運びした。

家に戻ってお通夜と葬式の段取りが話し合われている頃から俺は初めて顔を合わせた親父さんところの若い衆達と座敷で飲み始めた。

初めはビールを十数人で静かに飲んでいたが、遺影を選ぶための親父さんの写真を誰かがたくさん持ってきたあたりから笑い声が出てきて声も大きくなってきて、いつの間にか全員が一升瓶のヒヤを飲んでいた。

造園土木で鍛え上げられた体の若い衆が次々と俺に酒をつぎに来る。初めのあいだは、「おおきによろしく」と言って飲んで返杯していたが、さすがに朝方までその調子で全員で飲んでいると泣く奴や怒鳴る奴、唸る奴や眠る奴の中で、「おまえらええの｜親父さんと酒飲んだことあって」と言いながら俺

も全身の水が酒だらけになっていた。

なぜか残っている七、八人のゴツい体の若い衆に腕相撲を挑み始め、七時になったらラーメンの「第一旭」に行く約束を皆としているうちに気がつけば若い衆は全員眠っていて、俺の横には親父さんと最もよく飲まれていたという年輩の職人さんがひとり飲んでいた。朝の十時ぐらいになっていた。

その年輩の職人さんが初めて飲んだ俺の肩を抱いて「あんたおやっさんと飲み方よう似てるわ。おやっさんと飲みたかったやろ」と言われた途端、何故かわからぬが堰《せき》を切ったように泣けて泣けて仕方なかった。そして、昼前に下鴨を出て店に戻って仕事仲間を無理矢理誘い「山本マンボ」に行ってからドジョウ汁のうまい東九条の焼肉屋「まるやま亭」へ行き、焼肉でマッコリを飲みまくり仕上げをドジョウ汁で締めくくった。

「まるやま亭」を出てもまだ昼の二時だった。その後、銭湯に行ってから夕方に親父さんのいる家に戻ると若い衆達が酒を飲んで俺を待っていた。

●○
○●

果てしなく二日間飲んでお通夜を迎えた。会場にはたまらぬ遺影が飾られた。

お通夜は木屋町御池の会館。驚くほど多くの人が通夜に来てくれていた。そして夜が更《ふ》けてきて会館の棺の前で番頭さんや若い衆とまた飲む。いくらなんでも助太刀《すけだち》が必要と思い、通夜に来てくれたパリーグの男に電話するとハゲ軍曹や木屋町の苦労人達もすぐ来て

くれた。さすがに強力な助っ人達で、番頭さん達と語り合う男、若い衆達と飲みまくる男、兄弟船を繰り返し熱唱する男、俺はベルトを抜いて鞭《むち》にして石の床を激しく叩きながらローハイドを歌っていた。

朝方、パリーグの男に俺は酒が飲めてよかったとこれほど思った三日間はなかったとつぶやけば、「そうかー、ほな葬式終わったらまたゆっくり飲みにいこうや」と言いながら肩を落として高瀬川を渡っていった。

天王寺の野球小僧と十条の「寅のや」に行ってから戦後人生と呼ばれる男の「ディランセカンド」で開催される野球部の決起大会へ行く。今シーズンまだ一回も野球をやってないのでみんな野球に飢えていた。

野球部の今までの集いは酒場の話かオンナの話しかなかったのに三〇人近く集まった誰もが新しく新調するユニフォームの話やサインプレーの話やカバーリングの話で盛り上がっていた。

頭のキレた服屋の親父も香港から電話で参加表明してくるわ、神戸製鋼のモカマタリも単身赴任で関西勤務にしてもらったと電話してきて喜んでいた。今月からほぼ毎週土曜日早朝五時から同チーム内で血液型対決を行いながら、街の焼肉屋チームやら石屋チームやら木屋町若造チームとの対戦に備えていく。腕も折れよと上げ下げグラスだ。俺はボストン・レッドソックスに入りたい。

# ケルト井上。

　俺が小学生の頃、親父は商業デザイン、今で言うグラフィックデザインの仕事をしていた。学校から帰るといつもポスターカラーの匂いが家に充満していて親父と三人ほどの従業員さんが木製の画板に向かっていた。今みたいにマックがある事務所ではなくポスターカラーをパレットで練って面相筆とガラス棒や烏口を使いレタリングでロゴマークや文字を描いていた。

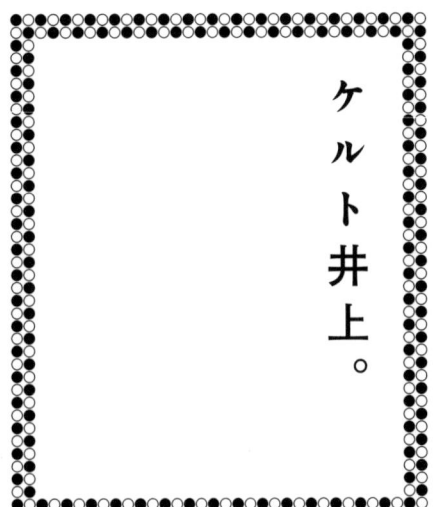

　本棚には『グラフィックデザイン』や『アイデア』という専門書や洋書があった。そう言えばメンクラもあった。俺はその本棚の本の中からヌードなページを見つけては黙って学校に持って行ってみんなに見せていた。ヌードと言っても広告やファッション系の本に使われているようなものなのでグロテスクなものではなかった。だからなのか今も俺はM字開脚的写真は好きでない。

　親父の仕事場にはいつもジャズやハワイアンのレコードがかかっていた。親父がニール・セダカやアンディ・ウイリアムスよりディーン・マーチンやサッチモが洒落てるんや

みたいなことをよく言っていたので俺は今もそう思っている。

そんな親父は夜になるとほぼ毎日どこかへ出かけていった。その頃はどこに行っているのかわかっていなかった。ハワイアンのバンドで歌っていたので早いうちから出て行くときはクラブやキャバレーに出演していたみたいだがそうでないときは今俺が行っているようなところへ飲みに行ってたのだろう。

ときどき、親父のバンド仲間や飲み仲間が家に来ると酒を鬼のように飲みながらみんなでいつも笑い転げていた。

俺はこの人ら何なんだろうと思いながらときどきその部屋の隅にいてじっと話を聞いていた。今思えばパリーグの男や俺達がしていることや話していることとほぼ変わりない。

ネタまで変わらない。奇妙だというしかない。

思い返せば俺がしていることは親父そのままだ。そう思うことが多いからかこのごろ親父がやっている店「ハワイアンルーム・ケルト」によく飲みに行く。

親父の店が祇園の切り通しあたりにあるので「安参《やっさん》」や「光人《こうじん》」や「橙《だいだい》」で飲んだあとよく行ってしまう。行くと親父が親父と同世代のお客さんとしている話やノリがおかしくて仕方がない。ときどき歌う歌も酒の飲み方も学ぶべきものが多しといつも思ってしまう。

ゆうべもパリーグの男とハゲ軍曹や木屋町の苦労人らで「アジェ」で肉を食ったあと行くと瞬時に親父の術中にはまっていた。

親父が「好きにならずにいられない」を歌うと歌手デビューしているパリーグの男が負

けじと体を傾けて演歌を歌う。ハゲ軍曹がクレイジーケンバンドを歌い木屋町の苦労人が東京ロマンチカを歌う頃には全員がレイを首から下げながらステップを踏んでバックコーラスをしていた。

親父が作るウイスキーの水割りは氷がグラスから大きく出ているので店のお客さんは全員鼻を濡らしながらいつも飲んでいる。そのせいかアフリカの水場に集う動物のようにこの店のお客さんはいつもゴキゲンが顔に出ている。

そう言えばライオンの群が象を襲うプラネットアースの映像は凄かった。俺はＮＨＫの受信料は安いなと思って払っている。「人はいかなる立場になろうとも己の道は生きられる」と二〇〇六年の大河ドラマ「功名が辻」で山内一豊《かずとよ》が言ったのも値打ちがあった。「ひろい」が仏門に行けと命ぜられるシーンはきつかった。

●○
○●

ずっと欲しかったがなかなか買いにくかった「てっさ包丁」を「有次《ありつぐ》」で思い切って買った。

それから何度か家でてっさにトライしているがなかなか難しい。それが仮にうまくできるようになってもきっとうまくないとも思っている。

フグはフグ屋の空気があってこそうまい。ワイン一〇本男が俺に「祈りとバクチとは別や」と名言を放ったことを思い出した。

# 店と本と、雨、権藤。

俺が祇園祭で忙しいときに岸和田の編集者と左門豊作《さもんほうさく》の弟が「おーイノウエ、お前がいつも俺らに言うたりしてる店の話を本にすることになったど、一緒に書こうやー」と言うてきたので「おーなんぼでも書くけど今は忙しいし無理や八月になってからにしてくれ」と言ったのに七月に何度もネタの打合せに呼び出された。

会議というかブレストに行くと、昔から店のことばっかり書いている馴染みの顔ばかりいた。マガジンハウスの芦屋男や一泊五食男やソリッドなグルメＤＪやホステス編集者の顔を見て、こいつらも何で今こうしているのか不思議に思っているんやろなあ、遠いとこまで来てしもたと思うときがあるんやろなあと思えてチョット助かった気がした。

書き手全員で自分が気に入っている店やその店にまつわる話や情景などを単行本にするという企画で岸和田の編集者が「イノウエーなに書くんやー」と、場は静かなのに大声で言うので「俺は勘定のことについて書きたいなー店は勘定やでー。それと店を出た瞬間の

話」と言うと黒縁眼鏡の左門豊作の弟がニコニコして俺が昔書いたフレーズを語り始めた。恐るべき記憶力だ。誰かがおもしろがると誰かが「おもろない」と呟く。そんなこんなで編集プランが進んでいく中で俺は左門豊作の弟の顔を見て「王と長嶋の行った店」というのをやりたいと表明した。

俺はおいしい店とか評判の店とか酒がうまいなどに興味がない。俺が飲む酒はどこでも絶対にうまいし、食いたくなるものは馴染みの店の馴染みのものだ。けれどもあの王さんや長嶋さんが行かれているとなると是《ぜ》が非でも行きたい。北野武でも高倉健でも行こうとは思わない。小泉純一郎でも田中真紀子でも行こうと思わない。江夏豊、岸辺一徳が通う店なら覗いてみたい。話は複線になったが店はそんなもんだ。それだからおもしろい。

ちなみにその本（『店のネタ本』マガジンハウス）の中で俺が書いたネタは、「30年通っても飽きない店」「連れに勘定を見せたくなる店」「2万円払いたくなるメシと店」「チョットええ話が聞ける店」「王さんと長嶋さんの行った店」などだ。山口百恵も出てくるし王さんの話に泣くし、コッペ、コノワタ、雨、権藤。コノワタコノワタ、酒、コノワタの連呼も出てくる。そしてセコい男宣言も俺はしている。十一月にでき上がったこの本を見て、俺は吉田拓郎の「今日までそして明日から」を口ずさんだ。それでいいと思う。

●○
○●

先日「てっさ包丁」を買ってから週に二回

は家でてっさを引いている。その上、牡蠣《かき》や松葉ガニまで出てきたので酒も外食も忙しい日々を調子に乗って過ごしていたらついに痛風の発作が久しぶりに出た。

しかも今回は手首に出やがった。足の親指の比ではない痛さに俺は真夜中に泣いた。胃も調子悪いので痛み止めは座薬にしようとしたがイボ痔の成長によって座薬が入らない。仕方なく夜中に録《と》りためていた「結婚できない男」を再生して見ても笑えない。「Eny Given Sunday」のパチーノ扮《ふん》するヘッドコーチが試合前の選手達にはっぱをかける名スピーチを聞いてもますます腫《は》れてくる痛い手首に目がいってしまう。寝ころんで「おそめ」を読んでも目が活字を追うだけなので俺は仕方なしにビーフシチューを作り始めた。

それがなぜかはわからない。けれども肉を炒めタマネギやトマトを煮込むうちに俺はようやく痛みを忘れることができた。戦争で行軍の最中に痛風で歩けませんなどと俺はきっと言わない。

俺は子供の頃から痛いことがあるといつも戦争中の行軍を思い描くようにしている。俺はいたいけな少年だったのだ。

# 尻の苦労をグラスの底に。

ほぼ毎晩のように裏寺のモアイ酒場「ピニャコラーダ」で飲んでいると、入れ替わり立ち替わりよくこれだけケッタイな奴がひとりで酒を飲みに来るもんやなと改めて思えて仕方がない。

特にこの店のこの酒がうまいわけでもなく、モアイの話がおもろいわけでもなく、いい曲がいいサウンドでかかるでもなく、オンナがいるわけでもないし、店がお洒落であるはずもない。けれども多くの奴らが当たり前のようにこの店のドアをくぐって入ってくる。

見知らぬ奴も多い。小バッキーと呼ばれている奴も来る。ウイスキーを飲む奴が多いが、俺はダークラムの水割りを勝手にプールサイドと名付けていつもそればかりを飲んでいる。客は何を欲して飲みに来ているのかといる。プールサイドを飲みながらときどき思う。二〇〇七年にこういう酒場が新しくできたことに感慨深いものを感じるのはきっと俺だけではないはずだと思う。

そして俺は尻の手術をする決意を固めつつあるとまわりに伝えていたがまだ肛門科に行けずにいる。

俺は四十歳を過ぎた頃から医者になるべきだったのではないかと思い続けてきた。この十年いろんな医者に診てもらってきた。注射か点滴をしてほしいときは祇園町の古い町医者、自分の体に何らかの予兆を感じるときはマンションのそばの四十歳代の医者のいる医院に血液検査をしてもらう。痛風の発作が起きたときは御所近くの整形外科でおそらくかなりの飲み食い好きだと思う院長に患部へ注射をしてもらう。鼻が痛くて困ったときはタウンページを見てオフィス街のきれいなビルの耳鼻咽喉科に行ったが、どうも診察と治療に不信を感じたので支払いを済ませてから家の近所の魚屋のおかあさんにどこの耳鼻咽喉科がいいかを訊き、そこの耳鼻咽喉科へ行くと午前中の医院の医者とまるで違う診察と治療で間一髪手術をしないで済んだ。

また真夜中にボーリングをしていてストライクを取ったあとに仲間とハイタッチをして脱臼したときや、早朝に野球をしていてブルペンで投球練習をしていて脱臼したときは仕方なく救急病院に誰かに連れて行ってもらうけれど、当直の医者で魅力的な人に出会ったことがない。

腰が痛くなって立てなくなったときも即刻入院させられたが見事に二週間放置プレイをしていただき、ようやくなんとか松葉杖で歩けるようになったので病院をそっと抜け出し馴染みのフグ屋に行けば、フグ屋の大将が強

烈な医者を紹介してくれた。次の日にそこへ行けば帰りは普通に歩いて帰れたこともあった。

携帯メール小説を鬼のように配信していたときに目が見えにくくなったのでまた近所の魚屋のおかあさんに紹介してもらった眼科医はゴルゴ13を感じさせるプロフェッショナルな医者で白内障という診断と手術を要するということも平然と受け入れられた。

歯は、祇園祭で毎年一緒に神輿《みこし》を担いでいる男前で骨も馬力もある酒飲みの医者に治療をしてもらっている。

そして問題は肛門科だ。診察に行くことだけでも臆するのに医者のハシゴなんてとてもできない。頼みの情報源の魚屋のおかあさんにもなんだか訊きにくい。

そんなある日、「タバーン・シンプソン」にひとりで飲んでいてなんとなくマスターに訊いた。その場では「まあ訊いておくわ」ということだったが、次に飲みに行ったとき俺のボトルにおすすめの肛門科のメモが貼り付けてあった。おそらく酒が強い古くからの常連さん達から訊いてくれたのだろう。マスターがこんな俺の尻のためにと思うと、どうしても診察に行けなかった肛門科にようやく行く決心がそのときについた。

そして翌日、肛門科の扉を俺は開けた。まさに百の扉、千の酒だ。

# 肛門科の夕食。

百の扉、千の酒のひとつの扉として肛門科の扉を俺は開けた。西陣の古い町並みの中にあるその医院は静かだった。少し緊張したが診察後は妙にリラックスした。また非常に丁寧に子供を怖がらせないかのように手術の説明をしてくれたので俺はすぐに手術日の予約をして帰った。

そして手術の日が来た。入院は一泊二日。当日個室に案内されたあと夕食のメニューを渡されて俺はちょっとビックリした。中華料理屋、ラーメン屋、うどん屋、洋食屋、寿司屋などの出前のメニューだった。看護婦さんに「あのー夜は何を食べてもいいんですか」とおそるおそる訊くと「お昼は抜いてもらいますけど夜はいいですよ」との答えだったので俺は天津麺と五目焼き飯を注文して手術室に向かった。

手術は思った以上にあっさりと終わった。それから部屋に戻りコンビニで買った『嗚呼!! 花の応援団』を読みながら夕食を待ち、そのうちに夜が来て天津麺と五目焼き飯を食い、朝が来て俺は退院をした。

退院するときに酒を飲んでいいかということを訊いていたので昼から家に帰って大西ユカリのファーストアルバムを聴きながら白ワインの水割りを飲んで肛門地獄からの解放を祝った。

●○
○●

雨が強く降り続けた日、店の二階のトユから雨が大量に流れ出した。営業ができないので仕方なく頭にタオルを巻いて隣の家の三階から屋根に上った。

屋根に上りながら俺が昔、忍びの者だったことを思い出したが今の俺は四十八歳、屋根に上ることさえ怖くて仕方なかった。

子供の頃、家の近所にあった日出盛《ひのでざかり》や桃の滴《しずく》で有名な松本酒造のすでに使われなくなっていた酒蔵の屋根に上り、隙間から酒蔵へ毎日のように忍び込み、見たこともない形で何に使われるのかさっぱりわからない道具をいじくり回して遊んでいた。

その酒蔵は江戸時代から明治まで使われていたようで、俺や俺のツレはそこに入ると正味タイムスリップしたような気分になり奇怪な道具を振り回し忍者武芸帳あるいはサスケあるいはカムイ伝に出てくるような忍びの者になっていた。

そんなある日、ツレが大きな木製の歯車みたいなものに足を挟まれ大怪我をした。誰もいない暗い酒蔵で俺は必死で歯車をこじ動かし足は抜けたが立つこともできないほどそいつの足は血まみれになっていた。もはや屋根に上って酒蔵からの脱出は不可能になってい

たので、俺は先に出て大人を呼ぼうかどうしようか迷った。大人を呼べば酒蔵に侵入したことがばれる。そのときちょうど隣のガレージに軽トラがあったのでサイドブレーキをはずして開かなくなっていた酒蔵の木製の扉に向けて軽トラを押して当てたら扉は壊れ、そいつを無事に出すことができた。

そんな俺の努力の甲斐もなくツレの家までそいつを連れて行くとツレは一部始終を親にしゃべってしまい俺は無茶苦茶怒鳴られ、そいつはそれ以来俺と遊ばなくなった。それから二十年後に偶然会ったときそいつはなんと日本酒メーカーで働いていた。

●○
○●

夜にテレビを見ていたら矢沢永吉が歌っていたのでしばらく見ていたら布袋寅泰《ほていともやす》も出てきて布袋がギターを弾いて矢沢が歌っている「もうひとりの俺」にチョット感激したのでその日から毎日寝る前にその歌を聴いている。

「何の不安もなかったあの頃」とか「失うものなど何ひとつない」とか「心の底に押し込み生きてる」などの矢沢的フレーズに俺は今もやられ続けている。

昔から何回も書いてきたけれど「フレーズがあるから生きていられる、フレーズによって助けられている」ということを四十八歳になった今も実感している。あー。

# ヘンコリスト。

カウンターには長いあいだ、世話になり続けている。子供の頃は近くの小さな市場の中にあったお好み焼き屋のカウンターに座っておばちゃんが焼いてくれるベタ焼ができるのをチョンと待っていた。

中学と高校の頃はカウンターよりもテーブルだった。喫茶店でもお好み焼き屋でもディスコでもずっとテーブルに陣取っていた。一緒に来た奴やそこで会った奴らと夢中というか必死で喋らなければならないのでテーブルだったのだろう。

話さなければならないこともいっぱいあったし自分やツレ周辺で何らかの事件が毎日のように起こっていたし、いくら寝なくても辛くなかった頃だ。そんなツバキ飛ぶ熱きテーブルからいつの間にか俺は撤退をしてカウンターばかり座るようになった。

今思うとそうなったのは初めて自分の金でスナックへ飲みに行った十八歳ぐらいからだ。テーブルで熱く語るよりシラッとしたカウンターにいるほうが断然居心地が良かったのかもしれない。

考えてみるとカウンターというのはさまざまな使い方ができるゴキゲンな装置だと思う。ツレと話すにしてもカウンターの向こうにいる人にタマを投げてツレに伝える三角キック的な会話ができるし、ツレ対オレではなくツレ&オレ対カウンターの中の人という構図もインスタントに作れるし、ツレとオレがそこでそうして飲んでいることの証言者にもなってもらえるし、ツレとオレ以外の人が見ている聞いているということで話し方や素振りやその内容もチョットは洒落ていようとする効能まで付いている。

そんなことまで考えてないけれど今ではカウンターのない店に行こうと思うことはほとんどない。バーでも居酒屋でもラーメン屋でも洋食屋でもカウンターがあったかなかったかを思い浮かべて行くかどうかを決めている。

けったいな男になった。今やテーブルで人と向き合えない。情けない奴になってしまったのか。俺も自分の中のヘンコリストに載りそうだ。つらい。「あなたがいたから僕がいた」。あーフレーズが今日もまた俺を支えてくれている。

●○
○●

株式相場にはあんまり興味はないが日経新聞を見ていて「赤三兵《あかさんぺい》が出現」と書いてあって非常にその単語に惹きつけられた。

赤三兵とは株式相場の専門用語のひとつのようで、チャートにおいて高寄りしないが終値がいつもよりも切り上げている形のもので並行して同一方向に向かっているものを呼ぶ

のだそうだ。

わかりにくいな。簡単に言えば赤く記された陽線《ようせん》が右肩上がりに並んでいるというか赤い煙突が三本右肩上がりに並んでいるの図。この赤三兵がチャートに出現すると株価は底を打って上昇に転じるサインだと言われているらしい。

赤三兵、語呂も語感もいいし意味もいい。何よりもビジュアライズだ。相場の下のほうで陽気だけが取り柄のアホ三人が右肩を上げて踊っていて、それが出るときはもうこれ以上悪くならないのだと言って人々は大喜びする。これは映画化できる。小説にもなる。陽気でアホな三人組は俺の周りに五組以上はいる。女性軍を含めれば八組はいる。チョット酒が飲みたくなってきた。赤三兵か。赤目と白土三平。ワタリ。カムイ。小六さんの「アワワ、アワワ」やな。

●○
○●

最近十二月が十二月でなくなってきた。昔は十二月になるとなぜかみんな忙しげだったし街はにぎやかで色気づいて夜空がより黒くなったような気がして予定が目白押しになってきて一年で一番シアワセな雰囲気が街中漂ってきていたのに何だかここ数年はそれが薄れてきた。さびしい。正月もどこかに行ってしまった。百貨店は営業しているしバーゲンも始まっている。親戚も集まらないしお年玉をやる相手さえいない。俺はいつまでもお屠蘇が飲める正月を迎えたい。しーん。

# 第2章

## ハプンド・ハピネス

（二〇〇八年〜二〇一〇年）

## もはや戦闘ではない。

年末年始にかかわらず普段から自分が飲みたい以上に飲む機会が非常に多いので、できるだけ音を立てずステルスのように超低空を飛びながら街で飲むようになった。

五年前に「飲めば木屋町のゼロ戦帰れない」という名フレーズが出ていたが最近はかなり金属疲労を起こしていてゼロ戦になって飲めば確実に墜落する。そうなればしばらく街を飛べなくなるのでできるだけ錐《きり》もみ戦法や特攻を避けて偵察機もどきで飲んでいる。

最近のゼロ戦は墜落したら修理に時間と金がかなりかかる。だから墜落しないようにできるだけ軽量化をして燃費も向上させて音を立てずに街で飲んでいる。しかしそうしてひとりで飲んでいてもふたりで飲んでいてもみんなで飲んでいてもフレーズがポロンと出てきたらもうダメだ。そのフレーズが俺を引き摺《ず》り回す。軽量化も燃費も静かさよりもキラキラ輝くそのフレーズを見失わないように必死で飛びまくり唸りを上げて称《たた》えまくる。

この年末に現れたフレーズは「盃《さかずき》の中の酒は見ようとすると消えていなくなる」「一杯目が

呼び水なら二杯目はチェイサーである」「漬物はだんだん小さくなっていく、飲んでる俺も同じだ」「同じものを食い続ける奴、店にモテるが身を滅ぼす」など今イチなものばかりだがそれが出たその瞬間は夢中になってそれを追いかけている。そしてメモをしても朝になるとまるで違う輝きをしているフレーズばかりでもある。

✕

正月明けに岸和田の編集者が京都に来たので日の暮れから先斗町の「ますだ」に行って熱燗《あつかん》を飲んだ。違和感があった。ふと盃を見て「こいつと長いあいだ飲んでるけど盃で飲むのは初めてちゃうか」と思った。たぶんそんな筈《はず》はなく何度も盃で飲んでいる。そう思うことができなかったのはこの男と飲むときは盃に神経を通わせるヒマもないほどこの男の投げる玉を打ち返さなあかんのでふたりが盃で飲むはずがないと思ったから、もしくは「この男は盃ではない」と俺の映像作家的な本能が判断したのだろう。たかが盃に振り回される俺は何だと思うときもあるけれど、やっぱりたかが盃のようなものに引き摺り回されているほうが酒はシアワセを呼ぶ。熱燗を盃で飲むかコップで飲むかはその店の設《しつら》えや空気や相手や目的や肴《さかな》やその場そのときのすべてのものが関係してきて決まるしそう思って決める奴は「ヘンコなおっさん」に違いない。では俺は「ヘンコなおっさん」なのか。いつの間に「ヘンコなおっさん」の役を引

き受けたのか。店を直しに来た内装屋の職人が一〇〇均のメジャーを持っていたので「情けない職人やのー」という俺は確かに今は「ヘンコなおっさん」かもしれんがもともとはジェームス・ボンドのはずだった。しかしゴルゴ13は「ヘンコなおっさん」である。どこに進むか難しいが俺は「男前なヘンコなおっさん」を目指して行くしかない。

岸和田の編集者と「ますだ」を出てから「あだち」でコノワタを食い、「文久」でスコッチを飲み、「立ち飲みロータ」でグラッパを飲み、「タバーン・シンプソン」で牡蠣とウイスキーを食い、「ピニャコラーダ」でプールサイドを飲んで「うつむせに寝る動物には不眠症がない」ことなどを語る頃にはあとはおぼろ。あー恋なんてあー恋なんてである。

×

最近ひとりでよく行く寿司屋がある。仕事が終わってメシを食うまでのチョットの隙間によく行く。カウンターで熱燗を飲む。晩飯前なので腹はスキスキだがコノワタやカラスミをつまんで酒を飲んでいるとやるせなくなる。徳利《とつくり》がすぐカラになる。何時間もコノワタだけでここでこうして飲んでいたい。冬は最高。午後六時最高。毎日同じ服を着るの最高。仕事仲間最高。失敗最高。盃は面倒くさいけど上等やし盃でええ。明日も仕事するで。徳利もう入ってへん。今日も寿司食わんけど謝るのやめとくわ。いつもありがとうな。あー日本はたまらん。

# 俺は熱燗になりたい。

俺の親父は男五人兄弟の次男で現在七十五歳、俺が子供の頃は「伏見のおっちゃん」と呼んでいた親父の兄が長男で八十歳。その「伏見のおっちゃん」という人は二十代の頃（昭和三十年頃）に自力で家業を開業し、一家のおじいちゃんやおばあちゃんをはじめまだ独身だった四人の弟たちや親戚の面倒を心優しい奥様と力を合わせて見てこられた。いわば本家を長年に渡って身を粉にして支えてこられた人だ。

俺もメチャクチャ子供の頃から世話になったし山盛り迷惑をかけてきた。子供の頃、自分の家にいるのがイヤになったり辛いときは自転車でいつも本家へ泊まりに行った。

また十代の頃は本家で住み込みで働かせてもらい給料の倍くらいの量のメシを食べさせてもらい鬼のような量の酒を飲ませてもらっていた。仕事の後の晩メシはいつも一日のクライマックスだった。外に食べに行くときやツレや女と遊ぶとき以上に本家での晩メシの時間は俺にとって大切なものだった（本家で住み込みをしていた数年間は平日に外食をすることはほぼなか

った)。

大らかだけどきびしいおばあちゃんがいて叔父貴や住み込みの職人さん達やいとこ達とふたつ連なったテーブルを囲み毎日酒を飲みみんなでメシを食った。

いつもコップ酒を飲んでいる職人さんが酔い出すと必ず俺を的にかけて集中的に仕事とは何かを話し始める。きびしいおばあちゃんが叔父貴を叱り始めるときもある。親戚やお客さんはしょっちゅう来ていたし俺のツレまで一緒に食っているときも多かった。

今から思えば毎日毎日一時間も二時間もいったい何をみんなで話していたのかわからないが本家での晩メシはいつも強烈ににぎやかだった。話と酒が飛び交っていた。そんな本家も今は家を支えてきた「伏見のおっちゃん」がひとりで暮らしている。俺のいとこ達の家族が集まる盆や正月はうれしそうに酒を飲んでいるが、たまに俺とふたりで先斗町の「ますだ」で飲むと横顔が泣いている。

それを見てからはふたりで飲むことができなくなり、いとこ達や弟や妹の家族や仲間や野球部の後輩達やその彼女らにも来てもらい鍋の材料と酒を山盛りぶら下げ、いつも十人以上で「伏見のおっちゃん」が待つ本家に最近はよく宴会をしに行っている。

さすがに盛り上がる。「伏見のおっちゃん」も盛り上がる。酒には助けられる。大きい家だと思っていた本家もいつの間にか小さく感じる。

俺が十代の頃に寝起きしていた離れの部屋に懐中電灯を照らして三十年ぶりに入ると壁

に愛のフレーズがたくさん書いてあった。「冬の華」の高倉健のポスターも貼ってあった。俺はここでも昔から全く変わっていないことを痛感した。

×

バッキー井上の「京都 店特撰」というサイトで熱燗のことを書いた。もっとオモロイことも書いているのに今回の熱燗には街で反応がいくつかあった。その人達が二時間ぐらい飲んで話してくれていることを要約すると「俺も熱燗だ」「俺は熱燗でいたい」「熱燗は母親だ」というようなものだ。頭が痛い。俺が書いたのは、

「ウイスキーより熱燗のほうが侍《さむらい》だ。ワインより熱燗のほうが温かい。しかも熱燗は人を選ばない。熱燗はビールより行儀がいい。けれども熱燗はまとわりついてくる。もっとかまってくれよと盃が忙しそうに踊る。盃が白木のカウンターに絵を描き始める」

「熱燗はウイスキーより弱い奴かもしれない。熱燗はワインよりもきっと頭が良くないだろう。体力はビールに負けるがケンカは意外と強いかもしれない。根性があるようでない。けれど何かを賭《と》すあるいは賭させる芯を持っているかもしれない。でもよく泣く。よく黙る。よく眠る」

俺は最近、熱燗を飲みながらヘイジュードをよく口ずさんでいる。

# 趣味、それは見廻り。

最近よく見廻りをしている。子供の頃からブラブラするのが好きなほうだった。大人になってからはその意味もなきブラブラ好きが功となり、街の店を取材したり酒場を書いたりしてのたうち回って今に至っているのかもしれない。

少し前までは見廻りをするというよりも街のここそこにある目的地や目的を達しそうなところへ向かうために街をブラブラしていた。目的地へ向かいながらのブラブラだった。けれども最近の見廻りブラブラはそうではない。見廻ることそのものが目的になっている。

見廻るといっても警備しているわけではない。ある日自転車で、今もまだ幼なじみが少し残っている辺りに用事があって行った。東山の下のほう、豊国神社や三十三間堂辺り、いわば本町周辺。俺が子供の頃はどこの筋や角にも人がたくさんいて生活感のある店や京都ならではの職方《しょくかた》向けの店がいたるところにあった界隈《かいわい》だ。大人になってからも通い続けているお好み焼き屋や居酒屋などがあり、と

きどき行くので街に昔の面影がなくなりつつあることを知ってはいたが、いつも目的地の近くまで車やタクシーで行っていたので街の体温や匂いのようなものまでは感じていなかった。ところが自転車で行き、歩いてみると何やらつらくてつらくて仕方なくなった。

街はきれいになっている。きれいというより直線や金属が多くなったというだけか。いつもパンク修理してもらった自転車屋も赤飯とおはぎが店先にあったうどん屋もなくなっていた。銭湯も少なくなっていた。人がたくさん生活をしている雰囲気がないから仕方ない。現に俺も俺の家族も今はこの街で暮らしていない。

すっかり変わった街並みだが歩いてみると昔と色が違う街の中に昔と変わっていない何かが目に入ってくる。それがポストでも煙突でも看板でも事故の痕《あと》でも正直ほっとする。そのほっとする何かを探していたら街を見廻りすることが癖になった。

小学校の頃に通った道を歩いてみたり、中学まで歩いてみたり、その帰りにはツレの家の前を通ったり、駄菓子屋を外から覗いてまだおばちゃんがいるか見る。そんなことをしていると見廻るエリアが拡がってきて最近では南区や伏見区までママチャリでブラブラして見廻っている。

本町七丁目の子供の頃によく親父に連れてもらった「本町亭」という洋食屋へ二十年ぶりに行ったらご主人が「オーちゃんの息子はん」と呼んでくれて俺を憶えてくれていた。「本町亭」のデミグラスソースは全く変わっ

ていなかった。「本町亭」の向かいの「つる湯」という銭湯はなくなっていた。

「あなたのご趣味は何ですか?・」「街の見廻りです」。それでいいと思う。「家族と一緒に」が前に付けばもっといいと思う。

✕

「大西ユカリと新世界」が「磔磔《たくたく》」で久しぶりにライブをやるという情報が野球部の本部からメールで配信されてきた。少し前に大阪ドーム(京セラドーム大阪)で京都のお坊さんチームとナイターで試合をしたばかりなので野球部の結束は熱く、たくさんの部員が顔を出していた。懐かしい「磔磔」でライブが始まった。おーなんやこのライブ、四、五年前のショー的要素の強かった「大西ユカリと新世界」ではなく、フレーズが胸の奥まで入ってくる。目を閉じれば浮かぶ情景、刻むリズムが足や手を勝手に動かせる。合間に大西ユカリならではの人助けな笑いが入り磔磔は最高の夜になっていた。ライブ終了後、野球部のメンバーで烏丸の「ぴん」という居酒屋に行く。その居酒屋は「大西ユカリと新世界」が流れ、パリーグ(ホークスがメインか)のユニフォームや選手のサインが貼りまくられていたが野球部メンバーは意外と冷静だった。たぶん大西ユカリの歌の残響が心地よくてみんなあんまり騒ぎたくなかったんだと思う。ええ話である。

# ローマは南区だ。

ローマに行ってきた。仕事でもないけれど観光でもない。かといって特に目的があったわけではないし休息が目的でもない。どちらかというと見廻りの一種だと思う。初めて訪れる国であり都市であったがローマにはとても親近感を持っていた。

空港に着いてタクシーでホテルに向かう道中もなぜか初めて来た国の景色とは思えなかった。そして街の真ん中辺りのホテルに着いて荷物を置いてすぐに街をブラついた。あまりにも家を出てから電車や飛行機やらに長く乗ってきたのでとにかく街場でなんか飲みたい。そう思って土曜日の夕方のいい天気の街を相棒とブラついた。

日本を出るときにローマの地図とガイドブックとローマに関わる適当な本を何冊か買って持ってきていたが、初日は何も持たず目的地もなく街場を少し歩いて選んだ店に入った。

路地のような細い道の一角にあるその店は、外から見るよりも少し重たいめのドアを開けて長いカウンターの奥のほうに入れば入るほど酒が軽快に飲めそうな店だった。

ジンリッキーと白ワインと氷を注文して一気に飲み干せば「おーっローマに来させてもうたな」とホッとした。

バーカウンターの中にいる女性も男性もええ顔をした奴らだった。俺はさっそくええ店と出会った。気が済むまでそこで飲めばもう夜の手前になっていた。

腹が減ったのでまたブラついた。酒はいくらでも飲めるしどうしてもその店が気に入らなければ次の店で飲めばいいのだがメシはそうはいかない。腹がふくれるのでメシのゴキゲンは連勝単式だ。

そんな覚悟で店を探そうとするのだけれど、そんなことで必死になっている、目の色を変えている、損をしたくないと思っている、そんな俺が最近馬鹿馬鹿しくて探さず考えずにただ勘と思いつき思いこみだけで店に行くようにしている。ローマでもそのスタイルで通した。

初日の夜も二日目の夜も三日目の夜も全部メシを食ってゴキゲンになっていた。四日目は二日目の夜と同じ店に行き、五日目の夜は三日目の昼に見つけた店でゴキゲンになった。

ローマに滞在中、ほぼ毎日午後の四時頃から低いホテルの屋上にあるテラスのバーで俺はひとりでギムレットやウイスキーや白ワイン氷多い目を飲みながら日本から持ってきた桃屋のイカの塩辛と実山椒《みざんしょう》をつまんでいた。バーテンダーがそれはそんなにうまいのかと言うので桃屋のイカの塩辛を味見させるとうまいと言ったが、実山椒はイヤな顔をした。そしてまるで京都の東山区か南区か左京区か

のような日の暮れのローマは心地よかった。

六日目の昼に入った店は、赤ちゃんをあやしているおばちゃんやら客か店の人かわからない連中がたくさんいてレジの近くでは大きな声で電話をしている若い女がいて、なんかうまそうな店やけどやっぱりやめとこかなと躊躇した途端に、俺のその気配を察知したかのように店の奥から「だいじょうぶかまへんかまへん」というような声がかかった。まあええかとテーブルに着き適当に注文すると適当に料理がきた。アサリやらイカやら油のカスやら野菜のカスやらメチャクチャうまかった。ワインをゴクゴクとビールのように飲んだ。

初めは俺らのことを全く相手にしてなかった店のおばちゃんやらおっさんやらも出てきて俺らにこうして食えとかこれと一緒に食えとか指図をし始めていた。相棒が「私らがローマでおいしいなと思う店は祇園の安参やら橙やら山本マンボとなんか似てるな」とその店を出てから呟いていた。俺は「それにしてもこの店うまかったな、お客さんもチョット他の店とは違う感じやった。どこの街も同じやたまらんわ」と言いながら石畳を歩く足音が本当にリズミカルになっていた。

おいしさとゴキゲンは必ず人を踊らせる。これだけは間違いない。俺はローマの石畳を毎晩踊るようにして歩いていた。

# 門前の小僧。

「都会《まち》の匂いを忘れかけたこのおれ、ただの男さ」。これは矢沢永吉の「時間よ止まれ」の中の一節だ。約三十年前、俺が先生と出会ったのはその頃だ。

子供の頃から遊んでばかりいた俺はハタチ過ぎの頃に俄然奮起して見知らぬ先生というか制作プロダクションのドアを叩いた。

当時ファッションショーや斬新なイベントの制作やプロデュースをされていて荷物の運搬に使うトラックも真っ赤なシトロエンというカッコいい会社だった。

スタッフの募集をしているわけでもないその会社に俺は突然電話をして「働かせていただきたいんです」と言った。「募集していないけどなぜ電話してきたの」と電話に出た女の人に言われ「すみません、会社から出てこられる方があまりにもきれいな方だったので」と、ベタすぎて脚本にもならないようなことを言ってなぜか先生につないでもらえて面接してもらうことになった。

その会社のオフィスがこれまたしびれるほど格好良かった。烏丸ではなく四条河原町に

あり、三階建てで一階から三階まで上がっていく階段の壁面全面にモノクロームで表現された能面の写真が床から吹き抜けの天井まで貼られてあった。そして三階のドアを開けると京都の町家を改造した和の構造とヨーロッパのアンティークなエッセンスで構成されたロフトのような異様な空間が広がった。

ピアノと重厚でヴィンテージなビリヤード台と大量の画集や美術書や写真集が並ぶ大きな本棚があった。

そしてオフィスには、それまでの人生で見たこともないようなモデル的な視線の少し年上の女性が数人いた。そのほかに「お洒落な遊びを俺達は知っているぞ」的な俺の嫌いなタイプの男性やら「海外の情報を知ってるぞ」的な髭《ひげ》を生やした奇妙な先輩達がオフィスにゴロゴロしていた。そしてその会社のボスいわゆる先生は、ルックスはクラーク・ゲーブルとアラン・ドロンを足して二で割ったような男前だし、少し話をすればほとんどの人が魅了される説得力や不思議な愛嬌《あいきょう》がありいつでも企画を瞬時に立ててそれをすぐに具体化し、目の前でその舞台のイメージやモデルの動きなどを驚くほど見事にデッサンして企画意図や雰囲気を説明するというその仕事に誰もが感服した。

しかも運動神経もいいし、歌も演歌がうまかった。特に「逃ーげた女房にゃ未練はないがーお乳ほしがるこの子がかわいーー」の「浪曲子守歌」がメチャクチャうまかった。もちろんビリヤードも麻雀も将棋も強かった。そんな先生の会社に俺は運送及び納品係として

採用された。

納品係として採用された俺だが夜も遅くまでさまざまなことを手伝わされた。写植を取りに行ったりトレスコープという暗室の中の機械で写真や文字を紙焼したり台本を製本したり打ち合わせに来られた人を送ったりしていた。

ときどき、先生とクライアントの社長などが寿司をつまみながら将棋を指されているのをちらちら見ていて「おっ君も指してみるか」と先生に言われ、対局させてもらった。俺は先生に一局目だけ勝った。二局目三局目は負けた。たぶん先生は油断をされていたと思うが俺は一局目に「ハメ手鬼殺し」という奇襲戦法を仕掛けた。その対局から三十年近くなる今もその盤面をハッキリと憶えている。

先生に勝ってはいけないのかと思いながら勝つ興奮で指が震えていたのも憶えている。それから先生は仕事より遊び相手として俺を雇っているのかと思うほど将棋やビリヤードやバックギャモンの相手をし続けた。スタッフやオフィスに出入りする人達の中でどのゲームも先生とほぼ互角に戦えるのは俺だけだったので俺は毎日真夜中までオフィスにいた。午前中や昼間は納品や雑用をこなし夜になると先生の相手をするために待機しているので先生の仕事をいつも間近で見ているのも手伝わされるのも夜は俺だった。まさに門前の小僧だった。それが俺の源泉になった。

# 酒場ライター養成講座。

あまりにも暑い夏、何となく風が必要だと思われたので、酒場ライター養成講座を開講することになった。四条裏寺の「百練」という店で当初は開講する。

開講する目的はなんだろう。酒場ライターが増えれば世の中の酒場が今よりも濡れることとか。酒場ライターがそのくだらなくも特異な能力を発揮することによって酒場に漂う宝物がそこら中で発見されることか。酒場ライターが仕事または仕事の準備や予習復習のため頻繁に酒場へ出向いてグラスの上げ下げを行うことによって、酒場は酒を飲むためだけの場所ではないということがより多くの人に理解されることとか。ややこしい。

しかし酒場ライターになっても仕事はあるのか。仕事があったとしても基本的には酒場ライターでは生活はできない。それは俺が痛いほど知っているし経験してきた。しかも仕事以前に修行を積まねばならない。それにまた金がかかる。胃と肝臓にも戦いを強いられる。そして酒ばっかり飲んでいると頭が必ず悪くなる。でも、ある程度頭を悪くしておか

ないと酒場も下町も何もかもつまらない。だから酒を飲む、なんなんだ酒場ライター。

酒場ライターは字面が仮面ライダーと似ているが異なるモノである。酒場ライターは敵を敵と見なさないのでショッカーとは踊り、死神博士とは乾杯してから語る。街の酒場には死神博士のような奴や怪人などそこら中にいるのでいちいち敵にしていたら飲みに行ける酒場がなくなってしまう。

酒場ライター養成講座は一期・四講座。一講座教材費込みで三五〇〇円。極めて安い。教材はビールのときも熱燗のときもウイスキーのときもあるし肴もまた教材に含まれる。講座内容は「酒場ライターとは何か」「酒場での立ち居振る舞いと取材の仕方」「酒は泣いているのか」「酒場な文章の書き方」「ある酒場ライターの告白」「酒場と野球と恋と歌」「その酒がうまいときとその店が生命線なとき」「実践取材」などが予定されている。さあ酒場の砂漠化を防ぐため酒場ライターとは何かを一緒に考えてみよう。

✕

俺が小学生の頃や中学の頃、歌謡曲を聴くといつも性的なことで頭がいっぱいになった。女の歌手にしろ女の子の歌手にしろその歌詞の中にある性的なことに俺はいつもゾクゾクした。西田佐知子、園まり、伊東ゆかり、ピンキー、黛《まゆずみ》ジュン、ちあきなおみ、奥村チヨ、天地真理、夏木マリ、山口百恵、桜田淳子、ピンク・レディー、もう忘れたけれど出てくる歌のすべてに性的な何かがあり俺

はいつもフラフラになっていた。

先日海水浴へ行く観光バスの中で後輩達にそれを語っていると「何を言っているのかわからない」と言われた。俺はムキになっていろんな歌の歌詞の一部を歌って説明したがそれでもわからないというので「あなたに女の子の一番大切なものをあげるわ」とかそういう具体的な歌詞を出した。そのとき俺はなぜだか動悸が激しくなっていた。

山口百恵か。もう、「あー」というしかない。時の移ろいが苦しい。またはせつない。

×

最近、飲食店が多すぎるとよく思う。以前は新しい飲食店ができると興味を持ったけれど今はどんなに珍しい店やきれいな店ができても興味を持たなくなった。なぜだろう。俺は相変わらず外食がメチャクチャ多いし飲みに行くことも多いが行く店のラインナップは確実に減ってきた。これは俺の年齢を示しているのではない。街の飲食店に何かが起こっている。下町の動物として生きてきた俺の本能が何かを感じている。それが何なのか探るために俺はチョット飲もうと思っている。

# 校長は泣いている。

第一回酒場ライター養成講座を「百練」で開いた。講座開始の鐘を心で打ち鳴らし、時間通り颯爽《さっそう》と開始した。受講者数は一四人。講座を始めるまでは俺も受講しに来た人も不慣れなのでお互いに気を遣いながら挨拶や教材のやりとりをしていたが、講座開始の鐘を鳴らした途端に場の空気は一変した。

俺は狭い店内を歩きながら「酒場ライター」とは何かを身振り手振りを含めてまず説明をする。それからグルメライターと酒場ライターの違いとか、酒場ライターという仕事の非伝承性や有意義さと悲しさ、酒場ライターというのはそのような職業ではなく種族あるいは属性だということなどを話す。そしてレジュメに沿って講座を始める。

酒場ライターのためにその一「伝えたいのは揺れる心である」をまず力説する。店で物欲しげになれば楽しくないという話。「バーウイスキー」での取材事例を交えて説明する。

酒場ライターのためにその二は「フレーズは、その瞬間に消えてゆく」。フレーズによって生き生かされているというワケのわから

ない話を伝えようとして俺もついつい酒を飲んでしまった。受講者の方のセンスがとてもよく助けられた。理解は苦笑い、不理解は笑顔でグラスを上げるという感じで講座の空気が流れ、そこここに漂うフレーズの存在や魅力を全員でたぶん感じた。

そして酒場ライターのためにその三は「酒は動物である」がテーマだったが、酒場に棲息する飲み手や作り手の動物紹介みたいなことになった。結果的に全体を通して、俺と店との関わりや思いがけずに見つけたフレーズなどの話をして第一回の講座は終了した。

振り返ると酒場ライターという形容詞のある時代そのものが愉快ではある。そして酒場ライター養成講座ということで不思議な人達と会えて飲むことができる。そこからまた今夜も明日もフレーズが浮遊していく。それにしても酒がよく注文される講座だった。

✕

最近、ライブハウスによく行く。昔からある店にも最近できたようなライブハウスにも行く。若い人が多いところもおっさんやら化石的な人がおられるようなところにも行く。どちらも適当に行く。知っているバンドだから行くときもあるし、たまたまその店の近所にいたからヒョイと覗いて入るときもある。

どちらにしてもライブをやってくれている店は楽しい。それなのにこの二十年はあまり行ってなかった。よく知っているミュージシャンがライブするときやイベントがあるときに行くくらいで一年に二、三回ライブハウス

に行くくらいだった。ライブをやっているところが楽しいことを重々知っていたのに行かなかったことを最近は非常に後悔している。

ライブハウスは俺のような者が行ったほうがよいと思われる。勝手に思っている。まず第一によく飲むし売上が上がる。それからあまり害にはならないと思う。場やノリを見て適当に盛り上がったり静かに飲んだりヤジを飛ばすべきところは無理をしてヤジったりなぜかスタンディングオベーションで膝ががくがくになったりしながらその日そのときだけの過ごし方をしている。

そして怒らないし残念がらないし若い奴に指導しないしされないし踊るときもあれば途中で出るときもある。特に京都や大阪や神戸は店も多いしたまらないライブに出くわす機会も多い。うまいメシがどうのこうの、うまい酒がどうのこうのというてるよりも、もっとライブハウスに多く行けばよかったと俺は猛烈に思っている。

昔からプロだったおっさん達のライブは特に楽しい。「昔からプロだった」。このフレーズはいける。果たして俺は昔からプロだったのか。たぶん手練《てだ》れだった。そう思う。あーというしかない。

# 傷があるから不況に勝てる。

不況である。不況はアホな俺達にとってとてもチャンスである。まあ基本的にアホでない人達の了見がわかるようでわからないので比較することはできないけれど、アホな俺達は穴だらけで隙間だらけで形も悪い、しかも不揃いだ。真面目にはやっているが計算違い勘違いの連続で傷だらけ。それでも何とか生きている。生かせてもらっている。

そんなときにきびしい不況がやって来た。今のままではどうにもこうにも立ち行かないから俺達でも自分を振り返る。すると今すぐにでも埋められるような穴や治せそうな傷や補強すれば丈夫になりそうなへこみや歪《ゆが》みがそこらじゅうにあることを知る。それを埋めたり治したりすれば下へ下へと押し下げられる圧と相殺できそうな気がする。いや穴を治せば不況の圧以上にチョットはましになる。できないかもしれないけど穴や傷があったのに生きてこられたことに希望が見いだせる。

傷から光が放たれている。アホでよかった。穴だらけでよかった。傷だらけで助かった。熱燗は二級酒がうまい。それで俺はいつ

もゴキゲンになっている。

吉田秀雄が泣いている。

テレビはお笑いだらけだ。お笑いというのももったいないような、笑って系の番組ばかりだ。しかしそういう俺も年末恒例のダウンタウンの笑ってはいけない24時は毎年見ている。大晦日は忙しいので録画をしてヒマなときに見ている。俺も最悪な番組ばかりのテレビと同じだ。

キレた服屋の親父が二年ほど前に俺に言っていた。「おーバッキー、朝起きてテレビもラジオもつけんといたら頭がシャープで気持ちええど。俺は滅多にテレビなんか見いひん」と、よく言っていた。テレビドラマ好きのさすがの俺も最近は野球とゴルフと思い出のメロディーと大河ドラマと朝の連ドラとNHKスペシャルと水戸黄門ぐらいしか見ていない。

テレビコマーシャルにも呆れさせられる。朝の八時台や九時台の主婦向けのコマーシャルが多い時間帯にパチンコメーカーのものが多いというのはどういうことなんだろうと思う。目が点になるタマになる。夫と子を送り出した人を相手にパチンコ台のCMか。非情のライセンスだ。俺は非情のライラック、根性も考えも天知茂《あまちしげる》。ライライはサイモンとガーファンクルか。

一円パチンコというのが流行っているそうだ。レートが下がっただけで多分配当率は同じか低くなっているだろう。そのほうがえぐい。きつい話だ。三十年前は消費者金融のテレビ広告なんてあり得なかった。ところが今

は過払い返還訴訟専門の法律事務所がテレビ広告をしている。電通「鬼十則」の吉田秀雄は泣いていると思う。きっと。

✕

正月は酒を飲む。元日は朝早くから起きて日の出の冷たい空気に当たってからお屠蘇を飲む。

お屠蘇のあとは熱燗を飲む。愛しチロリよ今年も頼む。盃は俺の好みの小さい奴。熱燗は熱め、別にぬるくてもいい。なんでもいい。こだわりなんてあってない。数の子で飲む、たたきごぼうで飲む、ごまめで飲む。丸新のコノワタで飲む。蕗《ふき》で飲む。今年も思い出のメロディー的な番組がやっている。それを見ながら飲む。いしだあゆみのブルー・ライト・ヨコハマ。水原弘の愛の渚。森昌子のせんせい。盃の上げ下げすすむ。ラクダのパッチとラクダのシャツを着た俺立ち上がる。そして歌い出す。オーディエンスは相棒ひとり。正月はモチと酒があればいい。一年の計は元旦にあり。だとしたら今年もメイビーゴキゲンか。

# 反響もアホだった。

前回のコラムで「不況はアホな俺達にとってとてもチャンスである。傷から光が放たれている。アホでよかった。穴だらけでよかった。傷だらけで助かった。熱燗は二級酒がうまい」と書いた。

それをどこで読んだか散髪屋で読んだのかお好み焼き屋で読んだのか知らないけれど俺のコラムを読んでいることが意外な人達から反応があった。

大丸の近くで二十五年ほど前から居酒屋をされている六十歳半ばのご主人と大丸の地下で偶然会って「バッキーはん、あんたが自分のことアホや言うたらおもしろないで、かしこい言わなおもろない」と言われた。俺は一瞬なるほどと思ったが、かしこそうなことばかり言うアホのことを思い浮かべガーンときた。

明くる日の夕方、俺はその居酒屋に行って熱燗を立派に飲み干し続けた。ご主人に「かしこいことを言うアホの役回りにせんといてくれ」と言いたかったが、酒も肴もうまいしもう適当にしてくれと思った。

親父の店にいた親父のバンド仲間からは

「世の中なんやわからんけど暗いときほどええ歌やら芸人やら出るんやし、わかるやろ、そやし期待してんにゃこの一年」と言われた。

尼崎のスパイ志望の男は「バッキーさんの『傷から光が放たれている』に興奮しました。映像が見えるようでした」と、道ですれ違ったときにそう言いながら目をランランとさせていた。スパイ失格である。

三条の中華料理屋の奴は「前は二品注文してたお客さんが一品にして大盛りにするようになりましてん、せやけどバッキーさんの仲間の人らはそれを見て二品とも大盛りにしてビールもう一本注文してたわ、バッキーさんが書いてはるとおりさすがや」と、言っていた。

二月に行われた野球部の決起大会では、錦市場の蒲鉾《かまぼこ》屋さんから分けてもらった焼き印の入った蒲鉾の板に、決起大会に来た約三〇人の野球部員の名前と背番号と守備位置を筆で書き込み、居酒屋の黒板に吊《つる》して盛り上がった。

野球部のメンバーの多くが「お前雑誌で書いてたアホの話よかったで」と言って酒を注ぎに来てくれた。俺は酒を注ぎに来てくれた奴の蒲鉾板を黒板から取ってきて人形劇をしてやった。

誰もがスランプや腑《ふ》抜《ぬ》けになるときやダメなときはある。星飛雄馬《ほしひゅうま》も矢吹丈《やぶきジョー》もそうだった。星は花形に殴られ矢吹にはカーロスが現れた。五十歳になったおっさんが小学校の頃に読んだ漫画を今もって語り続けている。アホかかしこいか新しい生き物なのかわからない。

✕

もう三十年以上も陶器を焼いているアラン・ドロンによく似た顔の幼なじみが、最近ヒマだから異常に映画館で映画を観ているという。俺も影響されて「007慰めの報酬」をすぐに観に行った。

あーかっこいい、ダニエル・クレイグたまらん。俺も昔は車の運転うまかった。スーツも似合った。工事現場の足場板の上を全力で走れた。三階から落ちたこともある。バックネットからうどんとともに落ちたこともある。人命救助の経験もある。全身傷だらけで二百針以上縫っている。けれどそれは昔。今は身体も精神も鍛え直さないといけない。

映画館を出てアラン・ドロンの陶芸家に電話すると「それはわかった。鍛え直したらええ。そやけどもっと静かなええ映画やってるやろ」と、俺が007を真っ先に観に行ったことが残念なようだった。

そうこうしているうちにアラン・ドロンの陶芸家の仕事場に行くようになりチョットだけ触らせてもらえば、皿や器の世界に怖じ気づいた。穴の中に引き込まれそうになった。世の中そこら中に大きな世界があり深い穴がある。

アラン・ドロンの陶芸家とパリーグの男と俺の三人で昼間に「吉野」でお好み焼き食いながら五輪《いつわ》真弓の話になった。なぜそうなったのかどう考えてもわからない。穴の奥は深い。ほんとうに。

# 残念こそ俺のご馳走。

最近うまいものを食べたくない。居酒屋に行っても寿司屋に行っても何も考えなくなった。

以前はここでは何がどうで何がおいしくて何が得で何が気分よくてなどを天才的なスピードで把握したり分析したり記憶したり牽《けん》制《せい》球を投げたり打ち返したりしながら店や料理などを楽しんでいた。いや、俺は本当に料理や酒を楽しんでいたのか？　楽しんだことはあったのか？　少し違う。

楽しかったのは、俺や一緒に行ってる奴や店の人や他のお客さんも含めてうまくいったりうまくいかなかったり残念やったりがっかりしたり、思っていたよりも勘定が高くて店から嫌われたと下を向いたり、通うにつれ安くなっていくことに生き甲斐を感じたりすることだった。

けれども、楽しいことや求めていることがそれなら俺は十代の頃から何も変わっていない。ずっと同じスタンスをとり続けている理想のゴルファーか。同じスタンスなのに最近うまいものを食べたくないと特に思うのはな

ぜか。体調か年齢かわがままか何だろう。違う。

うまいものを食べたいと思っていると損をするということを誰かに伝えたいのだと思う。まさに真理だ。

だから間違いなくうまいものが食べられるような店に行って「俺はうまいものよりもっとええもんを知っている」というテレパシーを俺はずっと発信している。イヤな奴か。へんなおっさんか。そうさ俺は小学校の頃から脚本を書き世界が複数あることを感知していた。まあそれはいいとして、うまいものが食べられる店に行っても俺は何を食べたかいつもほぼ憶えていない。あまり眼中にない。うまいものより相棒や仲間とのそのときその場の「残念」こそ俺のご馳走だ。「残念」のない店はつまらない。

先日、作曲家の森先生と串カツ屋に入った。肉と豚と鳥だけをずっと注文し続けて俺がコロモをはがして食っていると森先生が「バッキーはん野菜も一本ぐらい注文しまへんか」と呟いていた。俺はかぶりを振った。

北陸に逃亡していた悲しきサラリーマンが久しぶりに帰って来たので流しそうめんをすることにした。銅いわゆるアカのトユを調達するためにウロウロしているうちに北大路の「サカイ」の前を通り思わず冷麺と天津飯を食ってしまい、そうめんが流れてくる頃は腹がふくれていた。

キレた服屋の親父が来て先斗町の昔ながらの寿司屋でイクラだけで酒を飲み続けていた。イクラでも腹はいっぱいになる。

「百練」のカウンターで宵《よい》の口から熱燗やら

白ワインを飲みながら話していて、俺と物知りの三十代の奴らと、何が違うかようわかった。

俺は知ったことを胃と腸に入れてから胃液やら酒やらでグチュグチュにしてから口臭とともに話すから同じことでも違うように見えたり聞こえたりするだけのことだと思う。

なるほど俺のまわりのお年寄りはみなそうなっている。チョット難解やけどええことに気がついた。

×

久しぶりにテキーラを飲んだ。ドロリとしたキンキンに冷えたテキーラがノドに届けばもう行くことがなくなったバーや店そのものがなくなったバーのカウンターを思い出す。

連日連夜通い続けるためにウイスキーの水割りを飲んでだらだら過ごすタイプの俺がテキーラを飲むときは、普段の自分の辛気《しんき》くさいところに嫌気がさしたときか、そのときに着ているシャツや靴が今夜はテキーラだろうと囁《ささや》いてくるときだった。

バーでいろいろ迷い迷わされた。これからバーはどうなっていくのか心配だ。特にバー的なとか、磨かれているとか、空気がどうとかのバーらしいバーでなくてもいいけれど、せめて宵の口の前の四時から飲ませてほしい。

# 古漬は曲がるが浅漬は折れる。

古漬という単語を辞典で調べると、長期間漬け込んだ漬物とか、ひね漬という説明がしてある。たしかに長期間漬け込んだ漬物のことを古漬と言うのだと思うけど古漬と聞いて俺が思い浮かべるのは長期間漬けたということよりも、色がくすみ骨が抜けたようにフニャーとなり深いシワが出た胡瓜や茄子を思い浮かべてしまう。ヌカ漬ならではのほどよい酸味と塩加減とその食感が古漬の醍醐味だ。白ごはんに合う、酒に合う、朝に合う夜に合う。なんなんだろう。以前こんな風に古漬を書いた。

「古漬は時間によって作られる。野菜本体が塩というものやヌカ床の中のさまざまなものと出会い道中し過ごす時間によってでき上がってゆく。浅漬の味は変わりやすいが古漬になってしまえば酸っぱくなるだけで味はあまり変わらない。そして浅漬は折れるが古漬は曲がる。

古漬はお年寄りに人気がある。古漬はお年寄りにやさしい。古漬はときが経っているだけではなく発酵したヌカ床と同化しようとし

て、柔らかくなり、色がくすみ、味がいっぱい染み込んだ日本の漬物の代表であり、調和の象徴だと思う。だから古漬はフレーズという読み方もできるし、フレンドという単語とも兄弟なのかもしれない。古漬は曲がるが、浅漬は折れる。俺は古漬になりたい。なりつつある。」

×

俺はしばらく大阪へ行っていない。ずっと京都にいる。こないだも四条から京阪に乗って中書島《ちゆうしよじま》へ散髪をしに行ったあと、ヒマだったので特急(丹波橋や中書島に特急が停まるなんて最近まで知らなんだ)に乗って中之島の「リーチバー」まで行ったろかと思ったが足は三条方面を向いていた。最近どうも大阪が遠い。東京なんてもっと遠い。

特急も急行も停まる中書島だけど各駅停車が来たのでその緑色の電車に乗った。そしてその各駅停車は俺が大好きな京阪美しき駅名三羽ガラス「墨染《すみぞめ》」「藤森」「深草《ふかくさ》」を一駅ずつていねいに停まっていった。

三条で降りて三条大橋でタワシを買ってから「タバーン・シンプソン」で一杯飲むか四条で降りて「百練」で古漬をアテにして熱燗を飲むかどっちにしようかと思いながら窓の外を見ていたら電車は東福寺駅手前の銀河京阪通称たそがれのカーブをちょうど通過した。

俺はなんだか無性に腹が減ってきた。悲しいときに腹は減らないが泣きたいけれど何故泣きたいのかさえわからないときに俺はいつも腹が減る。それは腹が減ったという信号に

気をとられることで余計なこと、いわゆる出口のないモヤモヤゾーンに入らないように俺の身体がそういう風にしているのだと思う。実に優秀な身体である。

その身体の指示に従って俺は「北京亭」に行くことに決めた。あのレバニラ炒めが目に浮かぶ。ちょうど北京亭は五条にある。なんというラッキー。俺が中書島で特急や急行に乗っていたら五条で降りる選択肢はなかった。七条で乗り換えればいいのだけれどレバニラ炒めを食いたいために電車を乗り換える男にはなりたくない。いや、もうそんな男になっているからさらにそんな男になりたくない。

結局五条駅で降りて「北京亭」に行こうとしたがその途中にある「ラーメン藤」にフッと入ってしまった。昔から染みついた呪縛はなかなかほどけない。

星一徹は、星飛雄馬の大リーグボール二号いわゆる消える魔球を見て「大リーグボール二号は風に弱い」と宣言したがそんな星一徹風いわゆる梶原一騎的に宣言するとすれば「バッキー井上は塩に弱い」ということか。いや「バッキー井上は脂に弱い」ということか。

塩がきいて脂的なものがある食い物はうまい。うまくてたまらん。そして病気がやって来る。

# 俺はずっと同じ服を着ている。

俺はずっと同じ服を着ている。といっても一枚の服を毎日洗濯しながら着ているのではない。

その時期その季節その場所や目的で一応はいろんな服を着てはいる。

夏はポロシャツやTシャツを着ているし秋はボタンダウンのシャツや羽織るもの、冬は仕事のときに着ているパーカーの上からジャケットやらコートを着込む。お祝いやパーティーに行くときにはスーツも着るし夏に近所の銭湯へ行くときにはヒラヒラしたパンツや開襟のシャツも着る。そうさ俺はいろんな服をその場そのときに合わせて着ているのである。

それなのに「バッキーさんは着替えはらへんのですか」と街の後輩が言い、「まあこの人は子供の頃からどこに行くのもずっとおんなじ服や、他にも服は持ってるのにわたしが洗濯してへんみたいやんか」と昔から母親がよくブツブツ言っていた。

飲み屋でもカウンターの後ろから声をかけられて「よーわかったな」と俺が言うと「い

つもおんなじ服やしすぐにあんたやてわかるしそんなもん」と言われる。果たして俺は同じ服を着ているのか。答えはノーである。

俺は服もいろいろ考えて着ている。メシや飲みに行くときは今着てるものに必ず羽織れるものを持っていく、冷房が寒いから。チョット遠くへ飲みに行くときはその近所セットにたくさん早歩きをしてもいいように硬い目の靴を履いてゆく。メシを食う前には必ず早歩きになるし、それから飲みに行ったあとの店ではコツコツと音を立てて歩かなあかんときにはステップしなければいけないから硬い目の靴を履いてゆくのである。ジャケットもいろいろ持っているしスーツも適当には持っている。それなのに俺がいつも同じ服を着ていると言われるのはなぜか考えてみた。

それはベロンとしたドロンとした顔をしているからだと思う。ちなみに俺の父親であるケルト井上もベロンとしたドロンとした顔に近い顔をしているので俺から見たケルト井上はいつも同じ服を着ているように見える。

そうかベロンとしたドロンとした顔が原因か。

そういえば酒ピエロもいつも同じ服を着ている。それに引き替え本当にいつも同じ服を着ている中書島のハゲ軍曹や木屋町の戦後人生はそうは見えない。毎日違う服を着こなしているように見えるのはベロンとしたドロンとした顔でないからだろう。

✕

それにしても俺が街や木屋町を意識し始め

てからもう三十五年近くなる。思えばけったいな人々とたくさん出会ってきた。本当に奇妙な生態や形態や正体や風貌の人達がたくさんいたし今もいる。

そしてその、俺も含めて街の絶滅危惧種といわれる者達はこの先どのようになっていくのか。ワシントン条約ならぬ高瀬川条約によって守られていくのか。裏寺宣言によって生き抜いていくのか。心配ではないがとても興味がある。そして楽しみである。

最近、「ビベロン」という店によく飲みに行って街の絶滅危惧種のことについて考えている。俺は本当にたくさんのことをおそろしいほどたくさんの街の先輩達から教わってきた。教わったのかどうかさえわからないまま教わってきた。

今年で京極のさくら湯が閉店するらしい。このさくら湯の中だけでもさまざまな人と出会いいろいろ事件もあった。さあ今年もいよいよ佳境。チョット景気よく熱燗でも飲もう。

# 第3章
# 露呈した、行きがかりじょう

（二〇一一年〜二〇一三年）

# 卵に賞味期限。

　こないだ家でベーコンエッグを作ろうと思って卵を見たら卵の殻になんか小さいシールが貼ってあった。

　それまでもそんなシールが貼ってあったのを見たことがあったがブランド的なシールか養鶏場のシールか何かだろうと思っていた。

　けれども今回ベーコンエッグを作るときにそのシールをよく見たらなんと賞味期限を表示したシールだった。

「おー！　なんと！」と、俺はひとりでほんまに声を出した。そしてそのシールによる賞味期限はもうとうに過ぎていた。

　ついに卵にまで賞味期限のシールか。だいたい賞味期限というものが日本で大きな顔をしだしたのはこの四十年ぐらい前からか。腹が減っているときは買うたもんをすぐに食べた。すぐに食うからすぐになくなるから賞味期限なんて聞く必要がなかった。

　たぶんあったんだろうけど子供の頃に賞味期限という表記を見たことがなかったような気がする。まあいろいろ見渡せば賞味期限を表記するということは現代には不可欠なことなんだと

思う。そう思わなければならないところが実は悔しい。

それにしても卵に貼ってあるシールには驚いた。生玉子かけごはんとベーコンエッグとゆで玉子が好きな俺は全部食べるに決まっているけど、卵に賞味期限の表示を見た俺はどうしたらいいのか。

生きている卵に賞味期限、しまいにはいけすの中で泳いでいる魚にも賞味期限のシールが貼られているかもしれない。筒井康隆さんか談志師匠に聞いてみたい。

❖

単行本が出たときに出版社の仲間が送ってきてくれたので数年前に読んだんだけど文庫本のあとがきが読みたいだけで『人生、成り行き——談志一代記——』の文庫本をまた買った。思えばこの本を読んでしまったのがきっかけで談志師匠の世界と出会い、談志師匠からいろいろ勝手に学び勝手に自分を褒めたりなだめたりしながらずいぶん俺もなんの腕だかわからんけど腕を上げた。暗い飲み屋でも賑やかな酒場でもそういわれるので多分そうなんだろう。

談志師匠は「人生、成り行き」と言ったが俺は師匠と出会う前から「行きがかりじょう」と言いながらタップにも似た地団駄をずっと踏み続けて飲んでいる。「人生、成り行き」よりも「行きがかりじょう」のほうがチョットハードボイルドでもある。木枯し紋次郎的か。まあい

いか。「悲しみに出会うたび　あの人を思い出す」と、中村雅俊が昔歌っていたな、そういえば。

❖

正月そしてえべっさん（京都ゑびす神社）も行って松の内があける頃、大好きなコノワタを家で食べていて木樽に貼ってあった賞味期限の表示を何気なく見るとまたもやもう過ぎていた。なるほど年末の大晦日につまんでいたときよりも何となく塩が勝っている感じがする。塩と油が勝っている内臓系が大好きな者にとってはそれもまたとてもご馳走である。

食べ物は時間が経てば日が経てば味も色も匂いも変化する。食べ物が変化するから食い方も変化する。食い方が変化できないようなモノなら食う側の状況や顔やらを変化させる。自然にそうなる。そうする。変化はおもしろい。それと反対に同じ時間に同じ場所でいつもの順番でいつもと同じ味のモノを食べるというのも非常にシアワセだ。どっちも混ぜて俺は生きている。

この正月はたっぷりコモドオオトカゲやカメレオンや蠅《はえ》地獄や深海の生き物やイカやタコやカニやヒトデの映像を見たので、俺の生態と食い物についてコノワタとナマコとカズノコを食いながらよく考えていた正月であった。「こないだ買うた肉な、今日食うたらめっちゃうまか

ったわ」「冷凍せんといてほしいねん」「残ってた野菜やら何やら全部入れて朝から鍋して食うで」。そういう感じの言葉が家ではいつも飛び交っている。「悲しみに出会うたび　あの人を思い出す」と、中村雅俊が歌っていた。

# バーは誘いもしないし引き留めもしない。

最近なんだかあまりバーに行かなくなった。それでも近所の人や仕事仲間や幼馴染みや兄弟や親戚と比べれば俺は非常によく行っているのかもしれないが以前に比べて行くことが少なくなっている。なぜだろう。

バーに行けるっていいのにな。なんでこの頃行く回数が減っているんだろう。

いつもと変わらぬ磨き抜かれたバックバーがあり、そこにスコッチやブランデーやリキュールなどの酒がたくさん並び、シュッとしたカウンターでそのウイスキーやらカクテルやらをクッと飲める。ひとりぼっち、またはふたり。行くあてのあるちょっと前のときもこれからどこかに行くあてのないときも、バーはそこにいさせてくれる。

バーは誘いもしないし引き留めもしない。街に存在する店として最高の業態ではないのかと改めて今思う。それなのに最近行くことが減っている。俺もついにやられてしまったのか。

しゃべってないと気が済まない、こっちを向いてくれていないと気が済まない、受信し

ている状態でないと気が済まないなどにやられてしまっているのか。

中之島のリーチバーによくひとりで行っていた頃、ときには昼下がりから足が向いてよくひとりで飲んでいた。

一杯目は飲んでいいのかと思いながらも「もう俺は大人なんだから怒られることもないから」と思って飲んだりした。一杯目こそ男らしく一息に飲めるような気もするが俺は意外と飲むのに時間がかかる。今日のカラダが受け入れるかどうかを気にしながら酒をこわごわ飲んでいるからだ。でも一杯目がなくなる頃には勢いがついてグラスが軽くなってきたらシュッと飲む。そして二杯目をオーダーしてそれが出てくる頃にはもうオドオドしていないカッコいい俺がそこにいる。

一杯目をこわごわくぐり抜けた俺はひと皮むけて、詩的で映画的でただ酒場にいる「或る男」として酒を飲み始める。

そのときに酒の種類がどうのこうのカクテルの味がどうのこうのなどというものは全くなくなってしまう。飲む酒のことよりも飲まれる俺、ここの空気と混ざっていく俺に対して俺は迷走し始める。そのバックバーのボトルの有りようやラベルに描かれた酒の銘柄のタイポグラフィーの意匠を見たかと思えば、ここにはいないあの人のことや昨夜のこと、三年前のこと二十年前のことを思ってみたり、目の前のグラスの曇りや輝き、店の人の動きに見とれたりしている。

そして三杯目を飲みながら「ここにこうして俺が飲んでいることを世の中の誰が知って

いるのか」などとまるで異国の地にいるような感じになってソワソワしていることもよくあった。これを酒場でのエトランゼ状態という。言ってしまうのだ。

❖

バーは迷うことが許されている。バーで迷うことは格好悪いことではない。なぜなら俺達よりもバーのほうが偉いからだ。

少なくとも俺はそう思っている。だから俺達がバーのことを評価したり採点したりすることは間違っている。評価したり採点してしまうのならバーに行く必要も何もないし、勝手にどこかで飲めばいい。バーという世界で飲ませてもらっていると、得ばかりしようとしている俺がますます小さくなっていく。

さあせっかく、街に、この時代にしかない希少なバーという業態の店があるのだから俺達も潔くバーで酒を飲ませてもらおう。

熱燗やワインに引きつけられるのは仕方がないことだけどそれはそれ。俺達はバーのある街で、時代で生きさせてもらっている。必要な理由や行くべき動機の是非なんかバーの前では無意味である。さあ今夜、いや今宵またバーへ行こう。行っとかなあかん、あかんて。

# 「おやすみマイボーイ」という歌。

俺の親父（ケルト井上）がやっているスナック（ハワイアンルーム・ケルト）に行って飲んでいたら親父がお客さんに、四十年近く前に朝日放送の録音スタジオで吹き込んだ歌を最近もう一回歌えといわれてる的なことを話していた。

その歌のことは俺もよく憶えているので何だか懐かしかった。「おやすみマイボーイ」という歌だ。俺が中学一年か二年の頃に親父がレコーディングに行くからお前もついてこいというので大阪の放送局に行った記憶がある。

中学生の俺だったが「うーんこれはスタンダードっぽいし世界中で歌われるんちゃうか」と、その歌のメロディーや歌詞を聴いて思ったものだった。ませてこまっしゃくれた中学生だぜ。その「おやすみマイボーイ」という歌は親父の盟友でもある昔から抜群に格好良かったプロデューサーが多木比佐夫《たきひさお》というペンネームで作詞をされたもの。どこかあたたかくてせつなくてとても上品な大好きなフレーズが散りばめられている歌詞だ。中学生の頃からずっと完璧にそらで憶えている。

「おやすみマイボーイ　おやすみグッドナイト　ママによく似た　黒いひとみよ　静かに閉じて　夢の世界へ遊びにおいで　マイボーイグッドナイト」

このあとのサビも素敵で力強いメロディーと絡《から》んで歌の世界へ引き込まれる。

そしてこの歌をだいぶ枯れてきた親父がウイスキーを飲みながらかすれかけた声で歌っているのがなんともいい。倅《せがれ》がそんなことをいうことじたいが横着な話だけれどそのあたりは長い付き合いの親父もわかってくれているとは思う。

親父が別の曲を歌い出した。なんだこれ、いい。

「似ている　似ている　あの人に　懐かしいあの目があの唇が　幸せを知ったあの日のように　微笑んで　話しかける　とても似た人」

これも作詞は多木比佐夫さん。「似たひと」という歌だ。またメロディーもテンポもグッとくる。カウンターの向こうで老眼鏡をかけた親父が気負いなく歌っている。俺の目の前の水割りはすぐになくなる。

二番まで歌ってやめた親父がグラスを持ち上げて言う。「しゃれてるいう感じのもんがなくなってしもたな。お前らが大人になり始めた頃からあかんようになったんちゃうかな」と俺を見て言う。俺はそうやなと答えながら親父の手の甲を見た。年長者の手の甲はいつも何かを語っている。もう一杯だけ飲んで帰ろう。

❖

携帯を見つめて歩いている人を見てこの世界は何なんだと思っているしりからメールを受信したので携帯を見る俺がいる。イヤホンを付けて歩いたり自転車に乗っている若者がいて何なんだと思っていたらハタチの頃初代ウォークマンが発売されたその日に買ってフュージョンと呼ばれた音楽などを聴きながら歩いていたのは俺だった。

こんなとこで煙草を吸うなよなと思うことが多いが昔ポケットに手を突っ込んでくわえ煙草で歩いていたのは俺だった。

地元の人間しか知らないこんな路地の中の店になんでこんなたくさんの人が来てるんやろと思ったがそんな店の扉を開けて飲んだり食うたりするのが好きなのは俺だった。

テレビをつけるとバラエティー番組の悲惨さにうんざりしている俺だが「シャボン玉ホリデー」や「巨泉・前武のゲバゲバ90分」や「11PM」が好きだったのは俺だった。警察はイヤだが警察に助けられた気がしたのも俺だった。

手数を増やすことでおいしくなったり楽しくなったりする。そんな当たり前のことが後ろにされてきた。今年からは反転すると思う。俺は反転している。しかし酒を飲んで酔うたおっさんのふりをすることもある。さあ、もう一杯だけ飲んで帰ろう。どこに帰るんだ。

# あー手練れ、あー修繕。

「修繕するより新しいのを買われるほうが安いですよ」と、また言われた。確かに安いかもしれないのだが、安いことが絶対の選択肢ではない。安いという選択肢が絶対ではないと言うべきか。まあとにかく家電製品や道具や工具や備品関係から最近では業務用の冷蔵庫や設備や機械までも修理するより新しいのを買うほうが安いまたは得だというようなことをよく言われる。

それを聞いてなんだかいつもすっきりしない。確かに十年前に一〇万円で買ったものを三万円かけて直すよりも同じような物が三万円で買えるなら新しい分きれいな分消耗していない分、得なのかもしれない。

けれどもそれで得をしても何かで損をするのだと思う。まあこんなことは誰もが気づいていると思うから昼間の酒飲みみたいにエンドレス言わないけれど、修繕して暮らすほうが温かくて心地いいと思う。

ちょっと醒《さ》めて考えてみると、お客さんから古い機械や家電製品の修繕を頼まれたら、昔と違って今の物は複雑で高度な技術で材料

のコストもギリギリに作ってあるので、直すべきところを触っていて他の部分が壊れるリスクがある。それにそんなことが起こったらお客さんからワーワー言われたりするので修繕のリスクは大きい。俺がそのメーカーの人間であっても修繕より新品購入を勧めると思う。そして夜に、修繕を勧められなくなった自分自身が情けないと言って地団駄を踏んできっと飲んでいるはずだ。

ずっと使ってきたモノに何の愛着もわかずどんどん安くなっていく新品ばかりを買い続けていくとどうなる。全部サラに買い換えたら残された俺はどうなる。

住み慣れた街も駅前も学校周辺も夜の街もそこらじゅうがサラになってゆく。俺の好きなあそこはどうなる。あいつはどうなる。俺らが行くとこはどうなる。

修繕するよりサラのほうが安い。そんなはずがない。安いのは安いだけの話。安いがいいならバーに行く必要もない。高い酒がうまい酒とは限らないし安い食材だからうまくないとは絶対に言えない。

安いからとか高級だからとか大きいから強いからとかの一元的なことで選択していたら自分の居場所までなくなってしまう。それを実証するように俺の居場所はどんどんなくなっている。そして修繕をしなくなれば一生手練れにはなれない。

あー手練れ、あー修繕。俺自身も要修繕になっている。俺のサラはない。サラにしたい部分はあるけどそこだけサラになれば他のとこが多分へたるのだと思う。そんなことも含

めてやらないと修繕にはならない。あー、というしかない。俺は狂ってはいない。

◆

子供の頃の話をすると誰もが俺は私は足が速かったと言うので、すかさず俺が「だいたいみんなそう言うんや。子供の時に走りが速かったら全部それでオッケーやからな。そしてそんなもん今ではわからんしな」と意地悪にいう。

昭和三十四年生まれの俺の場合、小学生の頃、走りが速いとそれだけですべて認められた。頭がいいとか顔がいいとか金持ちとか全然関係なかった。ケンカの強ささえ二の次だった。

クラスで四人だけがクラス対抗の選手リレーに出られた。いわゆる「選手」は誇りだったので「選手」になるために必死だった。クラスで四番手までが「選手」で五番手は「補欠」だった。俺は「補欠」になるので精一杯だった。

もし俺が小学生の頃に走りが速かったら「選手」の常連だったら、雑誌やら新聞やらでこんなヌルヌルしたことは書いていないし書けない、そんなことに気づかない人生だったただろうと思う。そんなもんである。そのくせ五十を過ぎた今も子供の頃の走りのことについて街で考えながら飲んでいる。俺は狂っていない。

# こんな俺でも弱ってしまう時代。

今年ほどさまざまな地に思いを馳《は》せたことはなかった。

本当にきつい年になった。そしてそれでも俺は毎晩のように人と会い酒を酌《く》み交わし緩い球のキャッチボールを繰り返してやっている。

ご近所から見れば「あんたほんまに楽しそうにやってはんなー」「毎日毎日、よー飽きひんこっちゃなー」の日々である。朝は早くから鍋を食べて、作業場や市場や近所やらを走りまわり次から次へと仕事やら身内やらの用事がどんどん増えたり減ったりしながらあっという間に夕方になり宵の口になる。

宵の口になれば夜に近づいていくわけでそうなるとチョット飲む場面になってくる。場面か。そういえば昔、沢田研二が歌っていた「いくつかの場面」という歌を思い出す。「いくつかの場面があったー　まぶたを閉じれば」である。昔から泣きそうになったときによくこの歌を歌って、この泣きそうな日もきっといくつかの場面のひとつとなるんだろう、そうなってほしいと祈りをこめながら歌

っていた。

話はぶれたが忙しい一日が終わりそうになってきてチョット飲む場面というのが現れる。といってもこれがまた出だしが魅力的なのである。ドアを開ける瞬間。暖簾をくぐる瞬間。作業着を脱ぐ瞬間。立ったままだった一日からようやく開放される瞬間。そのどれもこれもが俺を「カマーン！」と呼んでいる。

そして俺はカブトを脱いでグラスあるいはさかずきを持つ。そのときはまだ空気は抜けていない。空気は世間の圧力そのままに張っている。その状態だからこそ酒がウイスキーがうまい。うまいに決まっている。空気が抜けて飲む酒もおいしいのだけれど空気が張っているときに飲む二杯目にはかなわない。そしてこんなことばかり考えたりあーだこーだ言って過ごしたりしている俺でも、という話なのである。

こんなことを四十年以上ぐらいしてきた俺でも、こんな俺でもココロ折れそうになったり何を見ても舞台は暗転したりすれ違う人さえ見られずに斜め下を見て歩いたり本を読んでも何を読んでいたのかさっぱりわからず頭がこんがらがってきたりするようなことがよくあった。

コッペ（松葉ガニのメス）とコノワタと熱燗を愛し続け、街の三船敏郎の赤ひげになったり、下町の若きロバート・デ・ニーロや酒場のスパイや裏寺のダニエル・クレイグになったりすることができる俺でさえ弱るんだからきつい時代になった。

きつい時代になったということにして次に

行こう。次に行かないと壊れてしまう。ジッとしていたらアワワラブソングになってしまうから次に行こう。

そして俺は毎日毎日次に行ってジーッとしながらチョットだけ飲んでいる。たまにたくさん飲むときもあるが普段はチョットだけ飲んでいる。飲めばステップが出る。酔って出るのではない飲む場にいることでステップが出る。ステップが出ればリズムも起こってくる。飲んで踊る。そこが踊る場でないならココロで踊る。踊れば歌う奴も現れる。俺の相棒は必ず歌いもするし踊りもする。それが定めのように歌って踊る。沖縄の結婚式に行ったときもよく踊った。踊れない踊りや歌えない歌でもよく歌った。そして飲んで飲んで山羊汁で仕上げた。

こんな俺でも弱って折れそうになる時代だからこそ次に行こう。

「もう星は帰ろうとしている　帰れない二人を残して」と何度も誰もがつぶやいた井上陽水と忌野《いまわの》清志郎《きよしろう》の名曲を歌って次に行こう。

熱燗からウイスキーの水割りが飲める場所へ行っても、暖かい店を出て冷たい空気の道を歩くのもいいだろう。そのときの息はきっと白いはず。さあチョット次に行こう。カマーン！

# 「百の扉、千の酒」解放宣言。

思えばこのミーツ・リージョナルが創刊して以来ずっとこのコラムを書かせてもらっている。何年になるんだろう。三十年以上か。唖然というかため息が出るというかけったいな感じである。

けったいというのは何も書くようなこともない中でよく続いているという不思議さのことだ。

その場そのときにココロの中だけで事件は起こってもそれはすぐに消えてゆく。街はココロの事件に後遺症を残さないようにしてくれる。

たとえひとりであっても街で浮かれてそして傷ついて泣きながらラーメンを食って、勝手に濃い目に作ってくれる店で水割りを飲めばその傷はたいした傷ではなかったことに気付くのも街の夜。

そしてその夜のことを誰かに伝えたいから明くる日も街に出ることになる。空振りやいい球を見逃しているうちに誰もいなくなったかのような情けない状況になる。

その怒る相手のない、褒める個人のない、

いわば街でドリブルをすることによって、同じようにドリブルをしている奴らにしか感知できないサインを送ることが可能なのだ。ややこしい言いまわしだな。

俺は書きたい事件や話などないけれど街で起こっている確かに交換されているそんなサインを書きたかったのかもしれない。

いやそんな目的意識を持てるタイプの男ではない。ただやみくもに成り行きで、行きがかりじょう書けるようなことを酒場でたまたま横に座っていた男や女に投げ掛けるようにフレーズをデザインして並べてきただけのことだろう。

雑誌の連載をスタートしたときのタイトルがまた俺に動機を与えた。不滅の動機、「百の扉、千の酒」である。

ガーン。今思ってもなんともカッコいい酒落たタイトルだ。このタイトルをつけたことによって長く続けられてきたのだと思う。

タイトルにはすべて詰まっている。集約されている。しかし起点にもなって核心になってそこから発散されている。それがタイトルやネーミングが持つポテンシャルだとしたらこの「百の扉、千の酒」は俺をフリーにさせる。シアワセを呼ぶ。

街には百の扉があって、その扉の中にはまた千の酒がある。まるで絵が浮かぶようだ。裏寺・百練のスローガンでもある「いろいろある、いろいろあるんです」を絵にしたかのようなタイトルでありネーミング。例え酒場が臨時休業であってもそれは街で生きている実感であり、料理や酒が今ひとつであっても

それは残念というご馳走である。だから写真を撮る必要がない。写真を撮っても見る時間も場所もない。街はいつも愉快であり不愉快でもありゴキゲンでありつらくてせつなくもある。街は動物が集まる水場なのだ。

それをよしとして俺はたくさん街に店に世話になってきた。いくらなんでもこんな世話になるとは思わなかった。そして俺は何を書いてきたんだろう。欲望か欲望の残骸《ざんがい》か、未練か惰性かドリブルの愉しさせつなさか。

街に出てドリブルをしているとなんだかよくわからないがいろいろな店やカウンターで同じようにドリブルをしている人がいることに気付く。街に出て救われているのは俺のほうだ。街や出会ってきた人のことを書いて救われているのは間違いなく俺のほうだ。

その「百の扉、千の酒」というタイトルから「露呈した、行きがかりじょう。」というタイトルになってからも七年以上になった。「露呈した」をはずした『行きがかりじょう』というタイトルの本が五年前に百練文庫になった。一年ほど前には隣の四コマ漫画も含めた『行きがかりじょう、俺はポンになった。』というタイトルで百練画報が発売された。タイトルを投げて、そこにたどり着くために飲んで書いてのたうちまわる。そしてまたタイトルを投げる。それでまた勝手に明日になっている。何を言ってるんだ俺は。さあ今宵も街に出よう。

# 全部許して飲もうじゃないか。

「全部許して飲もうじゃないか」というフレーズが本文ページがクシャクシャになった文庫本の裏表紙にサインペンで書かれていた。それを見たときに「おーええフレーズやんけー、これどこで見たんやったかいなー」と思い出そうとしていたら半年か一年前ぐらいに俺が書いたものだった。雑誌か単行本で大衆酒場について書いたコラムの見出しだった。

俺は基本的に大衆酒場という表現は好きではないけれど安酒場とか路地裏酒場とか場末の酒場のような、いかにも酒場マニアが喜びそうな表現よりはまだましだと思っている。絵に描いたような居酒屋やドラマ仕立てな酒場も単なるひとつの店である。店がどうのこうのよりも俺達がもっとこだわらないといけないことがある。

それは「アホになるまで飲め」である。

実を言うと俺はアホではなかったけれどだんだんアホになってきてしまっている。ゆうべ隣で飲んでいた奴がなぜ俺に話しかけてきたのかわからない。なぜ俺が羽生善治のことが好きなことを知っていたのかわからない。

そしてただ隣で飲んでいた奴がなぜ俺に酒を二合もおごってくれて、俺は持ちネタの必殺酒場話「京阪神バー三都巡り話」をしていたのか。そして隣で飲んでいた奴が最後はなぜチョット怒って帰ったのかわからない。

それは酔っていたからではない。酔うまでに至っていない。それなのになぜゆうべ飲んでいて起こったことをよく覚えていないのか。

それは全部覚えない術を身につけたからだと思う。え、そんな術は誰もが若いときに会得しているのか。違うと思う。俺が身につけたのは全部踏み込んで肯定したうえで全然覚えていないという術である。

先日東京で羽生善治さんが話をされるところに呼んでもらえた。新聞社の論説関係の約二十人くらいの人に「私が十代の頃に公式戦で大山名人と対局したとき、大山名人は手を読んでいないと確信したときがありました」と話していた。手を読み続けるのは若いからできることであり、多くの経験を積んでいくと読み続けるよりも直観で勝負をするのでしょうということを話されていた。まさに俺の投球術である。

子供の頃、プロ野球の選手になることを夢見ていた運動神経が並の上の少年である俺はこの運動神経ではプロになれないと感じていたので、変化球を投げる練習ばかりしていた。軟球だったが結構いろいろ曲がるようになってきた中学三年生の夏に悲劇は起こった。

隣の高校には学食があって安くうどんや中華そばを食べられるので俺は中三だったけれど隣の高校によく食べに行っていた。

ある日仲間三人と行っていてなぜかうどんを持ってグラウンドに行った。なぜか俺はグラウンドにあるバックネットの最上部でうどんを食べようと言いながらうどんの鉢を片手に登りだした。そして最上部にたどり着こうとしたときに俺は落ちた。五、六メートルはあったと思う。利き腕の右手の肩を複雑骨折した。地面に叩きつけられた俺の目の前には伸びたうどんがありダシの匂いが地面から強烈にしていた。手術をして右肩に金具やボルトが入った俺はボールを二メートルも投げることができなくなった。

それから二十年後、俺は朱雀《すざく》グラウンドのマウンドに仁王立ちをしていた。速い球もたいした変化球も投げることはできないが、コントロールやフォームやプレートの使い方や顔の表情や前夜の根回しやボールに呟いたりしながら俺は防御率ほぼゼロの圧倒的なクローザーとして活躍を続けている。投げるボールではなく直観で戦っているのだ。

「全部許して飲もうじゃないか」と書いたとき、俺は何も考えていなかったと思う。直観がそう書かしたのだ。あー、というしかない。遠いとこまで来てしもた。

# 酒でパー。ついに俺は見つけた。

　最近俺が夜や宵の口から話したり語ったりしている奴らに何だか共通して変だなと思うことがある。その話が野球の話であれ仕事の話であれ食い物の話であれ芸人の話や映画の話や男の話や女の話や何の話であれみんなどこか共通している。相手もさまざまだけれど共通している。

　昭和一桁生まれの親父の世代や街の先輩達がどっさりいる団塊の世代や同世代の幼馴染みや街の酒場馬鹿や事業で成功した奴やそうでないけどゴキゲンな奴やどんな環境にあってもマイペースな男、街の美人や「美人はおっさんである」を決定的に具現化しているミナミのママやいつも着物を着ている祇園の黒人ママ、店でたまたま隣に居合わせた人も含めてみんな共通していることがあった。俺はとうとうそれが何かを発見したのだ。

　酒でパー。これが核心だと思う。

　俺が長いあいだ酒とその周辺のことばかりを書きまくりほうぼうをはいずり回ってときにはのたうち回ってずっと何かあるという直感だけを頼りに探し求めてきた核心がこの

「酒でパー」だ。

いや違う。核心ではなく酒場の核心を探し求めている奴らがたどり着く結果として「酒でパー」になるのである。

この「酒でパー」というのは酒を飲んで失敗をして（するけれども）台無しになるとかおじゃんになるとかではなくて、街に出て核心を探し求めているうちに酒で頭がパーになることだ。

例えば東大は不合格だったが早稲田の理工系を出てコンピューター関連の会社に入った男はもう四十代、この五年くらい毎晩酒場で会う。たくさんのことを知っていていい感じで話せて素敵な男だが完全に「酒でパー」である。

小学校から同志社でロータリージュニアで大学を出て青年会議所で活躍してきたハンサムな男は今は下町のええおっちゃんになっていてスナックで歌うとかなり月謝を払ってきた歌いっぷりにみんなを感動させる「酒でパー」だ。

世界的にも名を知られるブランドの創始者である男はカウンターで一緒に飲んでいるだけで「うーむ、酒でパーぶりでも負けました」と俺が唸らされる、かなり数値の高い酒でパーだ。

年季の入った俺が今も後輩でいられる街の酒場も特級の「酒でパー」がたくさんおられるし、錦市場の先輩方も一線級の「酒でパー」が多い。女性も最近「酒でパー」が増えてきた。あきらかに「酒でパー」は美人であるし魅力的である。

要するに街でしか求められないものがあると勘づいて街に出ているうちに、何度も何度も街でゴキゲンの核心に触れて、やったと思った瞬間にそれが何だったかわからなくなってまた探しているうちに長い旅をして、きつい旅を経て「酒でパー」になっていくのである。

何度も言うがそれはアル中のことではない。酒でどうとかなっていることではない。言葉の意味を一言で表せないけれど「酒でパー」という語感がピッタリくるのである。

帰りたくなくなったときに行く場所がある。そしてそこに行けばそこでボーッとすれば、帰りたくないのは帰りたいからだということに気づく。

どこかに行くときにそこへ行ってどうのこうのはあくまで二番目であり、どこかへ向かうときの一番の動機は勝手に足が向いていることである。

「酒でパー」と口に出してみればよくわかる。「実はな、俺、最近わかってん。あいつの魅力、あいつ酒でパーやろ」とか「俺このごろ思うねん俺のまわり酒でパーな奴が多いわ、やっぱり」など実際に話してみるとよくわかる。

さあ、くじけずに今夜も街に出よう。酒でパーはそこらじゅうにいるから。

# 街の顔は年いってからが本番。

　顔が変わってきている。いろんな顔が。街の顔ぶれもずいぶん変わってきた。さびしい。仕方がないのかなとも思う。

　みんな年をとる。年をとれば若い頃より何かと弱る。街への出動回数、食う量や飲み方、酒や歌や夜が少しは弱る、弱るかのように思う。けれども街の顔というものは野球選手やスポーツ選手ではない。年をとってからまさにピークを迎えないといけないのが街の顔の所以だろう。難しいけれど年をとってからが本番なのだ。

　だいたい年をとれば街への出動回数が減るというのはおかしい。俺の周りにはほぼ毎日出動の先輩方が夕方からいつもズラリと並んで飲んでおられるバーもあるし居酒屋もある。雨降りの日も溶けそうに暑い日も大雪の日もズラリと並んでそれぞれに飲んでおられる。

　お互いがあまり話されることはないが会釈だけはされる。そしてみなさん酒がかなり強い。いいウイスキーをゆっくり飲んでいる感じがするがいつ見てもグラスはカラになっている。仕事帰りにチョット寄ってショットグ

ラスではなくロックグラスでショットガンを飲んでいる先輩もいる。ビールをピッチャーでもらってそれと何かを飲んでいる先輩もいる。ウイスキーもガブガブ飲んでいる感じではないのに飲んでいる量はかなり多い。

そして街の先輩はいつも同じ酒だ。酒だけで誰かがわかる。それに加えてみなさんいつも同じ服装をしておられる。服だけで誰かがわかる。実のところ酒だけで服だけで誰かわかるということは大スターあるいは世界的著名人みたいなもんだ。置いてある飲みかけのグラスで誰かわかる。掛けてあるコートで誰かわかる。それは非常にゴキゲンなことだと思う。

毎日毎日好きな場所あるいはそこにしかいけない場所で、好きな服あるいはそれしか持っていない服または正味の一張羅《いっちょうら》を着て、好きな酒を飲み続けていることで街の大スターと言われ出す。人生ゲームでもこんな近道はない。街の先輩はこんなに素敵なことをまさに背中で飲み方で教えてくれているのだからもっと街に出て先輩達の真似をして、いつの日か真似をされるような顔にならないと俺達は乾燥してしまう。

若くても、いつも同じ服を着て同じ店にだいたい同じ時間に行って昨日も今日も同じ酒を飲み続けると、そのうちに誰かがそれをジッと見るようになる。そこで名乗ったことがないのにいつのまにか少しずつ名前や呼ばれ方が店や街に伝わっていく。そのうちに店や街の、目に見えないような細い糸が何千本も体中に巻き付いてくる。そうなれば街のひと

つの顔に必ずなってくる。

「私は今こんなところにいて、こんなおいしそうなものを食べようとしています。カシャッ」もいいけれど、「チョット気になる街の先輩の真似を十年ぐらいしているうちにやっと何人かの人と会釈できるようになったけどまだあんまり名前は覚えてもらってない。きつい旅ですわほんまに」ぐらいのほうがシアワセの層が厚いと思う。

先日、「酒でパー」ということについて書いたのだがどうも誤解をされている人が多いみたいだ。このあいだも百練のカウンターで飲んでいると後輩がやってきて「僕も基本的には酒でパーになった口ですわ」といいやがった。

それにしても「酒でパー」を説明するのは非常に難しい。単行本全五巻くらい必要だと思う。きつい旅である。

# あの時の自分に負けることを知っている。

このあいだ祖母と叔母の法事があり本家の家に親戚が集まった。今回は直系の親戚だけでということだったのでお仏壇がある座敷でお参りをさせてもらった。

子供の頃は広い家だと思って祭や正月に本家へ行けばいとこ達と裏庭やら二階やら離れやらそこらじゅうを走りまわっていたけれど今ではそんなことが想像できないくらい狭い感じがした。

子供が大人になったというだけではなく、家自体はほとんど変わっていないのに小さく感じるのはこの家で暮らす人が減って実際に使われている空間が昔よりずいぶん少なくなっているからだろうかと思いながら喪服を着て座敷に座っていた。

おっさん（お坊さん）が来られるまで叔父達からあーだこーだといつものように指図される。俺の親父の兄弟は全員元気なので俺は今も子供の頃のようにヒデオと名前を呼び捨てにされるシアワセな状況である。それでも孫の世代では俺が年長者なので兄弟やいとこや甥や姪達にあーだこーだと余計なことを言う

役をしているのだろう。

十年くらい前の法事ではほぼ全員が座敷で正座をしていたが今は和室用の椅子がずいぶん多くなっていて年寄り達はそれに座っている。それでも女性は全員正座をしていたがその椅子を使っていない男性はみんなあぐらだった。絵面がなんかおかしい感じがしたが叔父達もいるので正座をするようにとは言えなかった。俺も正座は苦手だけれどお参りがすむまで普通に正座をしていた。法事の空気が子供の頃とずいぶん変わってきている。

そして辛抱しながら正座をして天井を見上げると、この家にずいぶん助けてもらったなと思った。家できつく叱られたときや家に帰りたくなかったときに祖母のいるこの家に来ていた。祖母はこわかったけど結局は笑ってくれた。本家を支える叔父もこわくてやさしかったし、叔母ちゃんはもっとやさしかった。

法事のあいだおっさんのお経を聞きながら天井を見るといろいろ思うことが出てきた。正座をしていてよかった。次回の法事では正座をしていない兄弟やいとこ達に足を崩すなと言う奴になってやろうと思った。

法事のあとの会食はいつものように仕出しとか会席料理屋ではなく百練でタラ鍋や蛤鍋《はまぐり》(通称・貝ジャカ)ということになっていた。法事にそれはあかんやろという声もあったが俺とヒレ酒好きの親父が寄り切った。

さすがに昼から異常に盛り上がった。久しぶりに親戚やいとこが本気で笑ったり怒ったりしていた。店の中も湯気だらけでみんなも頭から湯気を出して汗をかいて子供達も走り

まわっていた。賑やかなことが好きだった祖母も叔母もきっと喜んでいるとみんなが口々に言って話し続けていた。うーむ正座と百練は矛盾しているのだろうか。

このあいだBSで宇崎竜童のスペシャル番組があった。その中で「想い出ぼろぼろ」も歌っていたが、やっぱりこの歌は内藤やす子のあの当時の歌である。えらい歌手やアーチストが昔ヒットした持ち歌を今風にアレンジして歌うがそれはなかなかオリジナルを超えられない。それを知っているからわざとアレンジしているともいえる。それにしても阿木《あき》燿子《ようこ》、宇崎竜童《りゅうどう》コンビの最高傑作はこの歌だと思う。今回はバッカスの福音書は出てこないのだろうか。おー、いいのがあった。

バッカスの福音書その二の三の一章にこうある。

「飲めば美しきメモリー現れ、そして全部消えていく」と、ある。とても短い一章だが奥が深くて世界が拡がっている、グサッとくる一章だ。さあ、行こう。それがどこでもいい。

# 腹が出るのも行きがかりじょう。

おっさんは腹が出てなあかんということに最近気がついた。気がついたというか腹が出ていたほうがいいという仮説を立てて街をウロウロしていたらその仮説が正しかったと思うようになった。

だいたい中年以上になって腹が出ることのなにがいけないのか。インターネットや家庭の医学や行きつけのお医者さんに行ってそれを調べたり聞いたりすることは簡単だが、俺の場合は地団駄というステップを踏みながら街へ出て考える習性が身についているので今回もそのようにした。

街をウロウロして見ていると腹が出ている人の足は細く見える。胸板も薄く見える。腹がたっぷり出ているからそう見えて当然なのだろう。下半身がしっかりしていて腹もたっぷりという人もいるにはいるがそれよりも下半身がやや貧弱の人が多い。俺の場合もそうだ。これは腹が重い分だけ腰や膝に負担がかかりよくないとは思う。だからといって腹をへっこます努力をするのはおかしいと思う。それよりも重い腹が乗っても大丈夫なように

下半身や腰廻りを鍛えたりするほうがいいのではないか。

　なぜならメシと酒がうまいからである。いきなりここで結論が出た。

　朝は朝飯がうまい。炊きたてのごはん、ひやごはん、前の晩のすき焼きの残りやおかずの残り。玉子かけごはんに干物に漬物。パンならたっぷりバターとジャムを塗って牛乳やトマトジュース。朝に近所のパン屋さんへ買いに行くのも楽しいルーチンだ。

　そしてお昼になったらこれまた腹が減りシアワセ現るキンコンカンだ。

　今日は昼飯どこにいこかいいなと悩むシアワセ。あそこのサービスランチかうどん屋かチョット自転車に乗ってラーメン屋か中華でもいこかいいな。久しぶりに弁当持ってきたし社食行って麺類だけ注文して弁当&うどんもええな。現場仕事ならドカベンまたは大型ランチジャーの蓋を開けるときと食べてからトラックや材木の上で昼寝するシアワセよ。そういえば大橋節夫や石原裕次郎が「幸せはここに」を歌っていたな。俺は子供の頃から駄菓子屋でお好み焼き（お好み焼きというのは駄菓子屋にあるものだった）が焼けるのを待ちながらこの歌をよく歌っていた。実に嫌な子供である。

　そして夕方になると今度はノドが乾いてくる。水場に行きたいという、街でしか生きられない生き物の習性というか欲望が出てくる。

　その水場が自分の家の場合でも街場の場合でもこれまた晩ごはんというシアワセが待っている。俺の場合、家で中華や焼飯を作るとき珉珉《みんみん》から何故か特別に進呈された厨房用の

紙の帽子をかぶって中華鍋を振っている。パスタを作るときはイタリアンのコックコートを着る、家族が喜ぶのである。家で食べるインスタントラーメンも格別だし、何でも焼けば酒やビールがいくらでも飲める。

街に出るとなるとゴキゲンが山のように鬼のように待っていてくれるのだ。しかも宵の口から真夜中の塩と油地獄までゴキゲンが数珠つなぎである。

朝昼晩、塩と油と炭水化物が待っている。そこにソースやポン酢が控えて、そして酒やワインやビールが正面玄関にいるのだから、これはもう「あかん、あかんて。」なのである。

腹が出るぐらいなんだ。それが自然なんだ。必要以上に食っているのかもしれないがそれと腹とは別の話なのである。水場に行けば必ずそうなる。それが正しいと思う。

# 水道屋の手元時代に俺は鍛えられた。

水道屋で手元をしていた頃、住み込みで働かせてもらっていた。親方宅の離れの二階のひと部屋で寝起きしていた。先輩の職人さんとも何人かその離れで一緒だった。

朝六時頃に起きて裏の洗い場に下りて寒い中、凍るような水道で顔を洗ってから本家に行って親方や親方の娘や職人さん達と朝飯を食わせてもらう。ほんまにやさしいおかみさんだったのでごはんのおかわりはいくらでもさせてもらえたが、朝飯は何となく二杯でみんなおさめていた。

塩気のきいたおかず一品と味噌汁、漬物は毎日ドボ漬が食卓の真ん中にありそれは自由に取ることができた。親方やおかみさんは話しかけてくれるが俺らはきちんと返事だけをし、ほとんど無言で朝飯を五分ほどで食べ、家の前にある店（事務所）に行った。

俺はいつももっと食べたかったが先輩の職人さん達（今思うとみなさん二十代か三十代前半だった。もっとおっさんに思ってたなぁ。うーむ）が「ごちそうさんですっ」と言って席を立たれるので俺も当然同じタイミングで立っていた。

店でその日の仕事の段取りを親方と先輩達がされているあいだに俺は車をガレージから店の前に廻してきて、その日に必要な道具と材料を現場の職長的な人に確認して俺ひとりで積み込む。うちの水道屋は基本的に野丁場（始まりから竣工までが長い比較的大きな現場のことを野丁場と言っていた、普通の家や小さな現場は町家仕事と言っていた）がメインだったので一台の車に職人四人か五人乗り込んで三十分から一時間くらいかけて現場に向かう。運転はもちろん一番若い俺である。道中のラジオは「おはようパーソナリティ道上洋三です」だった。中村鋭一の頃から行きしなのラジオはそうだった。

現場に着いて道具と材料を運び、職長の指示で仕事を始める。その日に予定した仕事を完了させるというのが全員の目的なのだが、俺は手元（アシスタントのようなもの）として付かせてもらう職人から怒られないように一日をこなすというのが目的だった。

仕事はだいたいふたりひと組でやり、必要なときだけ何組かが集まって仕事を進めて行く。手元は、職人が次にどの道具を使おうとするのかを察知して職人が使いやすい場所に置いたり、次に使うはずの材料の下処理をして職人の手元に用意する。道具を間違っても材料を用意するタイミングが早かったり遅かったりしても怒鳴られる。そして先回りしすぎても完璧に出来てもあまりよくないと俺は思っていた。

十二時になると昼飯を食う。おかみさんが持たせてくれた分厚いドカベンをコンパネの上やそこらで食う。食うて昼寝する。これが

気持ちいい。たまに大きい現場では同業の人らや同じ現場の職方らと現場事務所のメシ食い場で職人はいろいろやり取りすることもあるが手元の俺は昼寝ができた。

夕方の五時まで仕事して帰りも俺が運転する。帰りのラジオは野球がやっていたらもちろん野球。俺の記憶では「小沢昭一の小沢昭一的こころ」とか「トヨタ・ミュージック・ネットワーク」とかが聞こえていたと思う。

店に帰って道具や材料を降ろし、車をガレージに入れて鍵をブラブラさせて帰ってくると、住み込みでない職人らが店の湯飲み茶碗（紺の水玉これが鉄則）に酒を入れて飲まれている。「おっ！　ひでお、お前もやれ」といつもいただいた。

毎日、仕事が終わったあと店に戻って親方となんだかんだ言いながら蒲鉾か漬物をつまんで一杯だけ飲んで帰るというのが慣習だった。

それから住み込みの俺らは朝飯と同じようにおかみさんが作ってくれた晩飯をいただく。冬は鍋が多かった。ビールは親方のおごりで、酒は各自の一升瓶（俺は富翁の二級）を席の横に置いてメシをいただいた。そこからまた別の一日が始まるのであった。

# 第4章 またしてもきつい旅

（二〇一四年〜二〇一六年）

## そして、スジだけが残った。

このあいだ雑誌の企画で出し巻きの修行をするという機会に恵まれた。と、書いたが本当は恵まれたとは思っていないのかもしれない。

基本的には物事を教わることや会得することが好きで何でも教わりたいと子供の頃から常々思ってきたし、幸いにもたくさんの強烈な人や普通だけど凄い技を持つ人達と出会い、それこそけったいなことも含めいろいろ教えてきてもらった。

そんな教えてもらいたがりが自分自身大好きな卵料理を素晴らしい腕を持った方々から直接伝授してもらえるのだからこんなに幸せなことはないはずだ。その割烹の板前白衣を着せてもらい、お忙しい中ご主人自らダシと玉子の調合から玉子のとき方、四角い鍋（玉子焼き専用の鍋）の持ち方や油のひき方、玉子の入れ方に返し方、手本を見せてもいただきながら加減やコツを何度も教えてくださった。

翌日には錦の「有次」に行って銅製で焼面に錫《すず》が引かれている鍋を買い、自宅で何度も何日も出し巻きを作り続けている。朝飯は必ず出し巻き、晩の酒の肴も出し巻き。外で飲んだり食

べるときは出し巻きをやってくれそうなところばっかり行って巻いてられるのをジッと見つめて飲んでいる。もうええ加減にやめなあかん。

俺は料理を本格的に覚えたりすることを若い頃からどうも避けてきた気がする。

二十代の頃、昼間の仕事だけではやっていけなかったときに夜はフランス料理をベースにしたグリルで働いていたこともある。毎日、食器を洗うのと牡蠣をむくことや車海老の背腸を取ったりするのが主な仕事だった。店が小さいのでオーナーシェフの仕事が間近で見られたしいろいろ会話の中で料理のことを学ぶ機会もあったが、今から考えればそれを覚えようとしていなかった気がする。なぜだろう。

それからたくさんの雑誌の仕事で和食洋食中華を問わずいいお店を数多く取材させてもらって、食材や料理やお酒やワインのことを訊かせてもらい紹介させてもらってきたのに今は何も覚えていない。いや取材した直後に「おまえこないだ京料理の名店ばっかり取材行ってたのになんで知らんねん」というようなことを当時よく言われていたから仕事が済んだらすぐに忘れてしまっていたのだろう。

もともと食べるものや食べに行くことは子供の頃から好きだった。まあ多くの人がそうだと思うが、何を食べてもおいしかったし初めて食べるようなものが世の中にはいっぱいあって目はキラキラしていたと思う。その延長線上で大人になってきているのだから、おいしいものを

作って食べるための知識や技術を知る機会があれば会得したいと思うはずであるが、俺はそれを避けていた。

家やどこかのお店で食べるときはそこのそのときに出てきた料理が最高のものであって他にはない。そんなことを子供の頃から家族を含めた街の人たちに刷り込まれてきたから、それを濁すおそれがある知識を持つことを避けていたのだろうか。

それだけではない気もする。知った上で忘れるという術を街場のジャングルの中で会得したのかもしれない。

毎年二月恒例の男達の旅に先日出たとき、初日の午前中は大阪の新世界にいた。新世界東映の前を通ったら高倉健と鶴田浩二の「博徒一家」の放映時間が昼過ぎからだったのでこれを見よかということになった。

それに合わせてブラブラしていてジャンジャン横丁の三桂倶楽部という将棋倶楽部を窓の外から見ていると年季の入った爺さんに「兄さん強いか」と俺の目を見て言われ「弱いです」と言うと「おっしゃワシも弱いしいっちょやろ」と言われて行きがかりじょう中に入って対局させてもらった。

昔からこの将棋倶楽部の存在は知っていたが入るのは初めてで仕組みもわからず見知らぬ方との対局でメチャメチャ緊張した。けれども駒を並べながら将棋盤の向こうの爺さんの目と駒

を持つ手を見たらなんだかホッとした。

たくさん知ったり覚えたりしたことは残念ながら忘れたけど、知らない街で知らない方から将棋を誘ってもらえて入らせてもらえる何かは残っているのだと思う。俺も足が細くなった。

## 「バッキーそこにおれよ」と言ってくれた人。

「バッキーそこにおれよ」というタイトルのメールが俺の携帯に届いたのは二〇〇六年の三月だった。「バッキーそこにおれよ」というフレーズに強烈に感動して携帯は変われどまるでお守りのようにそのメールをずっと残してきた。

ミーツ・リージョナルという雑誌が創刊されて間もない頃に的場さんという人と会った。

岸和田の編集者と飲んでいて的場さんから彼に連絡があり、新地の「グッドラック」というスナックに呼んでもらった。

ドアを開けるとピンキー（今陽子）を少しファンキーにしたようなママがギターを弾いて古い歌謡曲やシャンソンの名曲をハスキーな声でブルースっぽく歌っていた。

その頃、俺は三十歳ぐらいだったが街の酒場の場数はガキの頃から重ねていたのであまり緊張することなく「おー、ええ店やのう」と岸和田の編集者に言ってたと思う。

そして「あ、的場さん、こいつがバッキーですわ」と紹介され、的場さんがスッと立ち

上がられ「初めまして的場です。よろしく」とニコッとされて握手をした。俺もわりと手は大きいほうだが的場さんの手はさらにでかくて厚みのある手だった。

ピシッと初対面の挨拶を終えるとグッと酒な感じになり、ママのギターとハスキーな歌でウイスキーは一挙に濃い目になり、その夜は長くなった。そして街には強烈な人がいるものだと改めて思わされた夜だった。

それから新地やミナミのバーで何度か出くわしていたが、グッと兄弟のようになったのは、大阪で大きなギャラリー兼レストランのオープニングか何かのパーティーで会ったときだった。

西桐玉樹《にしぎりたまき》画伯がライブペインティングをそこでされていて岸和田の編集者も神戸のゴスペル野郎もいた。強烈にお洒落な人が数百人規模でいるパーティーだったが的場さんの空気は他とは全く違ったのですぐに見つけて挨拶に行った。

こんにちはと言うやいなや「バッキー、マンデラさんのあの踊りできるか」と言われ、もうその瞬間俺は踊っていた。南アフリカの大統領就任式のときのマンデラさんやファミリーが踊っていた映像があまりにも感動的で、俺はその当時どこで飲んでいてもその踊りをしていたのだ。まさかそこで「マンデラさんのあの踊りできるか」と言われて俺はたまらなかった。そして的場さんと俺はグラスを片手にネルソン・マンデラを踊り続けていた。

ミナミの宗右衛門町《そうえもんちょう》で的場さんとふたりで飲んでそれを書けという特命を雑誌の編集部

から受けたこともあった。

夕方にバーで待ち合わせて宵の口から真夜中まで宗右衛門町を的場さんに連れてもらってゴキゲンに飲むという仕事だった。ふたりで長崎のハウステンボスをどう遊ぶかというミッションもあった。本当に強烈に素敵な人だった。

そんな的場さんが三月十二日に亡くなられた。六十七歳だった。還暦祝いのときに作った冊子にこんな文章を贈らせてもらった。何なんだろう。

「的場さんは声がでかい。体躯もでかいし指もごつい。顔は分厚いし普段でも熱が高そうだ。そしていつも重量がありそうな服を着てドカドカ歩くしガンガン飲む。大きな声で男らしいことを語っていた数分後には少女のように泣いている。会えばうれしいけど急に現れたときは『出たな』と思わず呻いてしまう。そしてきつい夜になることを俺はいつも覚悟する。的場光旦《こうたん》。存在が的場光旦。何だ。何なんだ。けれども的場さんと会えたから俺は今ここにいる。ゴキゲンの時空だな。泣くも笑うも的場光旦。逢坂の関か。　バッキー・イノウエ」

ほんとにさびしい。

# なぜ踊らない、街のカーロス・リベラよ。

この春にどういういきさつなのかわからないけれどスポーツニッポンが「週刊あしたのジョー」というタブロイド紙を出した。タイトルにあるようにもちろん週刊である。たまたま毎日新聞の販売所の前を通ったときにそのポスターを見て思わず販売所に入って注文してしまった。

「すんません、表のポスター見たんですけど、『週刊あしたのジョー』ってなんです？」と言うと「あーこれですわ、いりまっか」と言われて手に取ると、それは創刊から二号目のものだった。表紙だけがカラーで二四ページ立て一部二〇〇円。中身はモノクロで少年マガジンに連載されていたあのあしたのジョーがそこにあった。

俺は思わず「創刊号もまだありますか、あったら二部欲しいんですけど」と興奮しながら宣言し、俺以上にあしたのジョー好きの弟のために二部ずつ買った。

「すんません、これって配達してもらえるんですか」とゾクゾクしながら訊くと、「あー配達させてもらいますよ」の声に俺はカンカ

ンカンと頭の中に試合終了のゴングが鳴った。申込書を書けば特製のカレンダーをもらえた。

それから毎週木曜日に「週刊あしたのジョー」が裏寺の百練に届くようになった。週刊で届くというのがたまらない。もちろん本編はいうまでもない。

泥酔した丹下段平《たんげだんぺい》との出会い、泪橋《なみだばし》とやんちゃなちびっ子達、鑑別所でマンモス西と対決し、段平によるハガキでの通信教育、あしたのためにその一、その二。

そして少年院で力石徹《りきいしとおる》と出会い、ボクシングにのめり込んでいく矢吹丈。青山のコンニャク戦法、グラブの中に潜ませていた石。少年院を出てライセンスを取るためにウルフ金串にケンカを売り、クロスカウンターを炸裂させる。

あーなんだかあらすじ屋みたいになってきたのでもうやめるが、とにかく俺の半生は「あしたのジョー」で彩られているのだ。

裏寺の百練に「週刊あしたのジョー」が届く日には必ずカウンターで熱燗とヌカ漬盛り合わせをもらってじっくり読ませてもらっているせいか、春から始めたブログにもよく絡んでくる。

「なぜ踊らない、イノウエ。街のカーロス・リベラよ。」ではこんなことを書いている。

「年齢のせいにするなよ、イノウエ。年齢とともに変化に億劫《おっくう》になることは実感しているがそれでも、それではつまらんぜよ。チョットやろうじゃないか、イノウエ。街のカーロス・リベラなんだろ。まだホセとは戦ってね

え。さあ、いこうぜ」と書いている。

「マンモス西が俺に刺さっている」ではこんな感じだ。

「ついに出てきた名場面。マンモス西が夜中にジムを抜け出して屋台のうどんを食いに行くあのシーンだ。ちょうど力石徹が地獄のような減量をしている最中で矢吹が吐いたセリフがグサっとくる。小学校のときに少年マガジンでこれを読んだときもグサっときてたと思う。なぜ矢吹側に立てなかったんだろう。この場面を見たときからずっと、俺はことあるたびにマンモス西のこの顔が出てくる。俺ではあるまいかと出てくる。そしてアゴがシャクれている俺は力石の顔を思い浮かべて思考停止になる」

八月の第二週で力石徹が試合直後に死んで、第三週は表紙がお嬢全開の白木葉子で、七十年前後のロックな感じのナイトクラブで不乱に踊る白木葉子と酒を飲みに来たというボロボロになった矢吹丈が出逢う場面があった。そしてウルフ金串がやくざの用心棒をしていて、ゴロマキ権藤も現れ、グタグタになる一番濃密なあたり。

この漫画は衝撃的な試合が終わったあと次の試合までに綴られる登場人物達のエピソードがとても惹きつけるというか、俺の教科書そのものになっている。

タブロイド紙のあしたのジョーはまだ物語の半場だが、子供の頃や若い頃に読み直したときには気付かなかった場面やフレーズがそこらじゅうにあって二〇〇〇円は安すぎる。スポーツニッポンさんありがとう。

# 笑うことが、面白くない。

最近、笑うことが面白くない。どうなっているんだろう。

以前は（今でもだが）ザ・ぼんちのおさむちゃんが出てくるだけでなんだか腹の底からおもしろくておかしくて、笑い過ぎてほんまにアゴがはずれそうになるので笑いを堪《こら》えるのに必死だった。ザ・ぼんちのおさむちゃんに限らず十年ほど前まではそれほど面白いことはあった。今も面白いことはあるけれど、笑うことが面白くないのだ。なんなんだろう。

仲間が集まって飲んだり話をしたりしていると、ときどきメチャクチャ面白いときはあるけれどなんだか以前のように笑えなくなった。笑うことがもっさいような気がするからか。笑っている姿が醜いような気がするからだろうか。なんだか俺は笑うことを最近ためらっている。

野球以外はあまり見ることもないがテレビの中の人はいつも笑っている。その人達を見ているとどうも笑い方がおかしいように思えて仕方がない。笑うというよりも、笑っていることを他の人にアピールするためにわざわ

ざ大きな声で笑っているように見える。居酒屋などでもそんな笑いが多いような気がする。自分が笑っていることを強調するために過剰に笑う人が多い。

笑いたくないから面白いのに、笑うことを優先するのであの人達は面白くないのではと俺は心配しているのだ。それよりもお前の頭のことを心配せえよと言われそうなのでここは一発、笑うこととは何かという討論会をやろうじゃないか。笑えるようなことで笑うはずないのだ。俺も焼きが回ってきたか。

こんなとき、いつもこの歌が俺の頭の中を駆け巡る。

「もう随分長い間見ることもないが　遠い日のぼくの春にはつばめがとぶ」

岡林信康の「つばめ」という歌だ。漫画でいえば主人公が何かで「ガーン！」となったあとの空白のときに俺の場合はこの歌がくるくる流れているのだ。しかも「遠い日のぼくの春には」のところを「遠い日のぼくの街には」と、今日までずっと間違えて憶えていた。

レコードがすり切れるほど聴いた歌は他にたくさんあるのに、そんなにも聴いていないこの歌がもっとも重要な場面で出てくるのはなぜなんだろう。

ミスター・ロバートの分析によれば「それはおそらく『もう随分長い間』と『遠い日の』というフレーズが君のどこかに刺さっていて、その場その瞬間を遠い日のものにしたいときにこの歌が出てくるのではないかな」ということだが、俺はそれだけではないと思っている。この歌のメロディーと岡林信康の

あの声が、この歌を初めて聴いたときの中学生だった頃の俺の部屋に連れて行くからだ。

そして歌の後半部分の「つばめも来なくなったこの町で　何も変わってないように春を迎えたんだ」というフレーズで俺はいつも回復するのだと思う。

歌に因果はないけれど、また因果にしてしまうのだ。記憶や思いや過ぎた日などのさまざまなことを勝手に歌と絡めてのたうちまわっているのは俺達なのである。

「あー、歌よ、歌さんよ、あなたに罪はないけれど、今日もまたあなたを原因にする俺を許してください。あー、歌よ、歌さんよ」

俺もいよいよ遠いとこまできてしもた。

あー。

# イノウエのイノは、イノベーションのイノである。

なぜここ数年ずっと俺がスパイ度ということに妙にこだわるのか。それは自分自身の劣化を自覚し始めたからなんだと思う。

劣化したことを自覚をするのがV9を達成した当時の川上監督の年齢を過ぎてからなんて遅すぎるとは思うが、俺はきっと自分の変化を見て見ぬふりをしてきたんだと思う。

そして劣化していく自分自身そのものをもうひとつ作ることでそこから逃れようとしていたのかもしれない。

もうひとつの自分自身、白土三平風に言えば「カゲリ」かもしれないし、今の流行り風に言えば「アバター」か。違うか。

正味の話、今までできていたことが微妙にずれていたり、あれっと思うようなことが最近多くなってきている。グラスを倒すまではいかないがバーで飲んでいるときに、手の肘がグラスに当たりそうになってしまいヒヤッとすることがあるし、割烹や居酒屋のカウンターでご主人に褒められるほどスマートに一粒ずつ箸でつまめていたイクラが最近チョットおかしい。完璧にほじくれていたコッペも

チョット面倒くさい。使い慣れた道具も指にどうも馴染まないときがある。記憶や計算などは言うまでもなく劣化している。

それを埋めるためにどうしても必要になってくるのがスパイ度なのである。スパイ度というのは映画や小説の主役が持っているスパイ的な濃度がいかに高いかということを指している。

わかりやすく言うとショーン・コネリーやダニエル・クレイグのジェームス・ボンド、マット・デイモンのボーンシリーズやスパイではないがゴルゴ13などというところか。

俺がよく考察しているのはその主役のスパイがこのバーのこの時刻に入った場合、カウンターのどの席に座りどのタイミングで何の酒をいかに空気を乱さずにオーダーするかや、水割りかロックかどっちを頼むほうがこのバーでは得なのか。またそのスパイが、喧噪と煙にまみれたこの見知らぬ街の居酒屋で熱燗を飲もうとする場合、店の状況や注文状況をいかに察知し何を注文すれば最も早くアテが出てくるのか、注文したものが出るのが遅い場合いかにさりげなく男前にイヤミを少し含めながら伝えることができるかどうか、勘定の仕方はいかにスパイ的に静かに行うかなどを俺は後輩達に指導しているのだ。

そうすることで俺がいかにスパイ度が高いかということを飲んで口がパクパクになるほど表現しまくり、どんなことでも可能にするスパイ像のような俺のアバターを作ることで、劣化した自分を水あるいは酒で溶かしているのだろう。

少し前、岸和田の男とホステス編集者が忙しい時期の京都に来たので昔からよく行ってる店でチョット飲みながら打合せをしていたときに俺が「ここのあれはもひとつうまないしのー」と言うと、岸和田の男が「そのうまないところがこの店のええところやないかい、うまかったらあかんのや。そやしええんや」と言ったので、やっぱりこいつはよーわかってるやっちゃなと俺は本当に感動した。

そしてこれは今晩この先どうなるかわからんし忘れたらあかんと箸紙にそのフレーズをメモしていたら、ホステス編集者が「あー、ついにイノウエさんが箸紙にメモするその現場を見てもうたわ」と嘆くような喜ぶような唇をしていた。

そしてそのホステス編集者は、劣化を隠すためにスパイ度を高い目に設定している俺とよーわかってる岸和田の男の写真を撮った。

そしてその写真に写っていたふたりの男は痛々しかった。その夜、全員で深酒になった。あー、というしかない。

# 市場のオーラを感じる幸福。

市場《いちば》で働かせてもらっていることのシアワセをもっと強く考えなければいけないなと、最近よく思う。

俺は京都の錦市場で毎日働いているのだが、最近よく難波に行くことがあるので用事が終わったあとどうしても黒門市場に足が向いてしまう。

黒門市場に何かを求めて行っているワケではないが、市場の中を隈無《くまな》く歩いて魚やフグやカニなどの食材を見たり、さまざまな店の工夫に唸ったり、よく売れているものを見て勉強になるなあと思いながら歩いている。ほんとのところは、考えているようで何も考えられない場所と時間なのである。

そして腹が減ってきたら市場の中の食堂か市場周辺に点在する店に入って、その空気に溶け込むようにして食べさせてもらっている。それがうまかろうがなんだろうが関係ない。人がたくさん働いているエリアで食べるメシはそれだけで十分ご馳走だと思う。

市場周辺には安くておいしいところもたくさんありそうだし少しずつ行かせてもらうの

も楽しいことだと思う。でもそれが目当てではない。食材を見ることも買うことも食堂で食べることも、実は市場に行く目当てではない。

　黒門市場だけではなく食材の市場に行くこと、そこへ行くことが目当てなのだと思う。その市場全体が発するオーラの中に入りたいから行くのだと思う。どこの市場にも必ずそのエリアが発する独特のオーラみたいなものがある。外国の市場でもそれを感じるし、国や食文化は違っても同じような何かがきっとある。

　俺は市場の中で食べるものを買ってその場で食べるというような買い食いはあんまりしないほうだ。座らなくてもいいがジッとしてジーッと何かを見つめて飲んで食いたいタイプなのだ。

　このあいだも休みの日にシニア野球仲間と三人で黒門市場にちょっと寄ったとき、水産屋というか魚屋の店先に小さなテーブルがふたつあり、そばに火鉢のようなものがあってワンカップを湯煎《ゆせん》して飲めそうだったので店先で販売されている刺身をちょっともらって火鉢の横で酒を飲ませてもらった。

　おっさん三人なので大きな声で話すこともなく大笑いするでもなく、てっさをつまんでは飲み、飲めばネジが緩み、緩めばその魚屋のお母さんもガードを下げてくれてかわいらしくなられた。

　三人揃って飲み食いが早いので奥で魚を捌《さば》いていた豪快そうなお兄ちゃんもかすかに微笑んだ。なぜそうなるかわからないが、緩めば湯気や匂いがユラユラしていることを感じるの

やすくなりその緩みが広がっていくのかもしれない。市場は特にそうなりやすい。

そうなるともう一本となる。二本目以降はそれぞれの注ぎ酒になるのですぐになくなる。熱々のワンカップからそれぞれのワンカップに注ぐともう一度湯気が出る。湯気が出れば肴が欲しくなる。ちょうど火鉢があるので豪快なお兄さんに「フグの身皮ありまっか」と言うと「ありまっせ、焼きまんのか、おたくらやりまんなぁ」と言いながらプリプリッとした身皮を奥で用意して出してくれた。火鉢でそれをあぶらせてもらってポン酢でつまんでワンカップを飲めばゴキゲンだ。

しかしそうなってくると饒舌になり始めるのでそうなる前に勘定をしてもらって店を出る。ゴキゲンになって饒舌は禁物なのだ。

俺は市場で働かせてもらっている。もっとそれを理解しなければならないと思う。

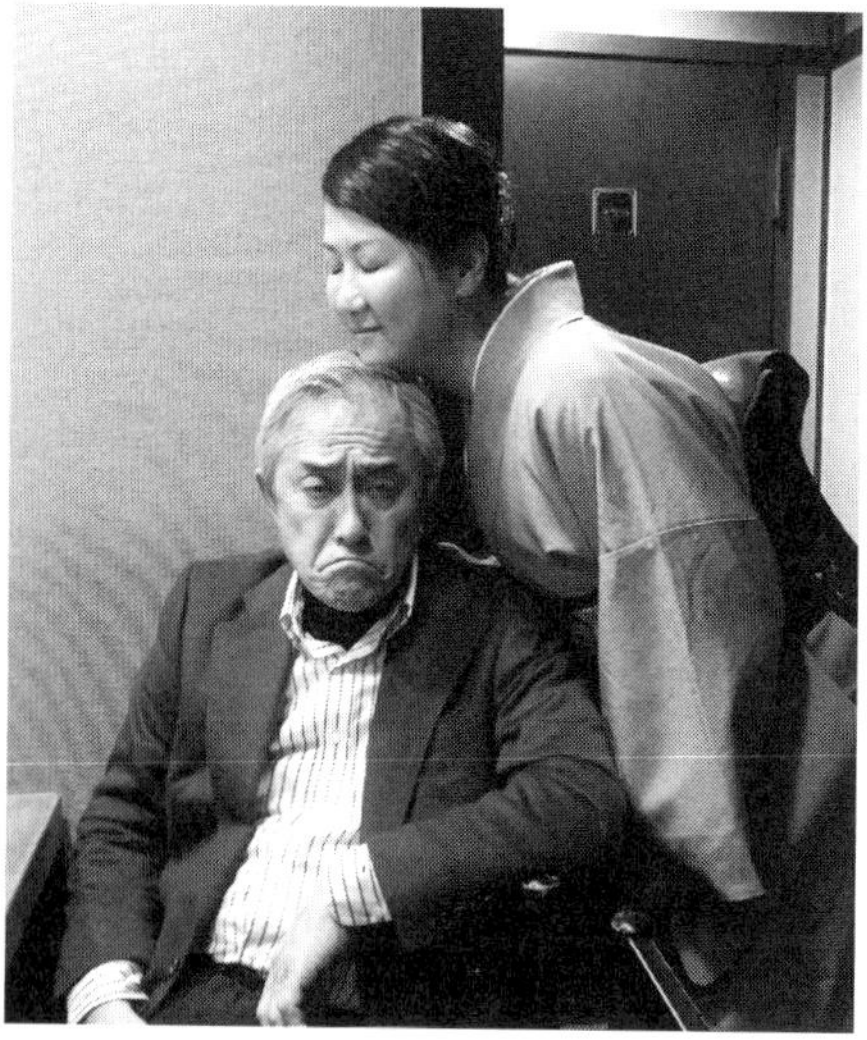

# 十年前二十年前の話より三十年前だ。

　この頃、チョット気になることがある。誰と話をしていてもすぐに「三十年以上前のことなんやけど」という言い回しが出てくる。仕事のことであっても街のことや店のこと、音楽のことや映画のこともそうだ。なぜ三十年以上前のことばかり出てくるのだろう。このところほんとによく出てくる。なぜなんだろう。

　今から三十年前は一九八五年か。あの強烈な年だな。日航ジャンボ機墜落事故があり、山口組四代目が射殺され、グリコ・森永事件や豊田商事会長の事件、夏目雅子が亡くなったし、ロス疑惑いわゆる疑惑の銃弾もこの年だし、阪神タイガースが優勝し清原・桑田涙のドラフトも一九八五年、昭和六十年だったと思う。ネットで調べたらもっといっぱい出てくると思うがせっかく大切に憶えているものの上に容易に上書きされる感じがするのでこれはネットで調べない。

　この年は俺の中でとても印象深い年だが、最近よく出てくるのはこの年よりももう少し前の時代。七〇年代後半から八〇年ぐらいま

でがおもしろかった。俺がハタチ前後だったからそう思ったのかもしれないが、やっぱり七〇年代後半がおもしろかったのだと思う。

昔の話をすることは格好いいことではないとよく言っているが、何かを説明しようとするときにどうしても一九七〇年代のことが出てきてしまう。

もともと俺なんかは切り貼りだらけで俺というものになっている。貼られている素材も非常に軽くてチープだ。子供の頃に読んでいた『少年マガジン』の『巨人の星』や『あしたのジョー』、今も俺の奥深くに貼られている白土三平の『カムイ伝』の中でも小六さんやサエサや草加竜之進や夢屋や赤目、無人流や変移抜刀霞斬りや蔵六神や「すべては江戸の大白州で」という文言やハンザキなど、なぜそれにピクピクきたのか意味さえわからないままだ。たぶん俺のカラダの中に『カムイ伝』の部屋や『巨人の星』の部屋があるのかもしれない。親父の仕事場にあった雑誌やレコードや日曜洋画劇場で見た映画もカラダに貼り付いている。

白土三平や『少年マガジン』やビートルズも一九六〇年代のものかもしれないが俺にとってはそんな時代はなかった。それらのものがいっせいにやってきたのが一九七〇年代、俺の十代とシンクロする年代だ。

十代の頃は隠れているものやことを知りたいだけの時代だった。誰もがそうだと思うが隠れているものを探すためにはまず隠されているものは何なのかを考えねばならなかったし、その扉に触れるための道具も地図もその

手がかりのすべてを探さなければならなかった。

そのせいか学校から帰って一番に行きたいところは大学生が何人も下宿している近所の家だったし、夜遅く家を抜け出していくのも汗や煙草やカビ臭い漫画の匂いがする汚いアパートだった。地方から来ているお兄さん達が多かったのでその方言にやさしさを感じていたが見たくないヌード写真や本も散らばっていた。なぜ見たくなかったのだろう。

うちの家もチョット変わっていた。親父が昼間は商業デザイナー今で言うグラフィックデザインの仕事をしていて夜はナイトクラブでバンドマンをしていたので夕方ぐらいになると割と派手な服を着た人達がいつもたくさん家に来ていた。

ビールを飲んで競馬の話とスケベな話をよくしていた。俺は意味もわからなかったが嫌な大人達だなといつも思っていた。

その頃、子供は俺ひとりだった。母親は台所でいつも忙しそうにしていてときどき怒っていた。俺は知らないものを探していたのに知りたくないものを先に知っていたのか。なんなんだろう。

今俺のまわりにいる子供達や中学生からすれば俺はどういう人間に見えるのか改めて心配になってきた。でももう遅い。もはや分析されて分類されて確定しているのだと思う。今回はチョット迷走した。切り貼りで俺自身が出来ているのだから仕方がない。

# 変化を呑み込む
# 街と祭の
# 有り難さ。

錦市場で仕事をさせてもらっていて有り難いなと思うことはいろいろある。もちろん全国的に知名度が高いことや多くのお客様が訪れてもらえるということが一番だけど、それには多くの理由があるように思う。俺が書くようなことではないけどまあ聞いてください。

まず錦市場のその位置というか立地。御所の真南に位置し、東は東山が望め鴨川があり寺町があること、西は京都市内のセンター軸と言うべき烏丸通、錦小路からひとつ南の筋は四条通という賑やかなアベニューがあり、奇跡的な好位置としかいいようがないところに市場がある。

それと錦市場のその通りの幅。二間（三・六メートル）ほどの幅で、歩いていて北側と南側の店の両方の店先を見ることができる道幅の狭さがいらちの京都人にはちょうどよかったのだと思う。

市場の長さもこれまたちょうどいい案配で、高倉通りから寺町までのアーケードが長すぎず短すぎずというところもこの市場の魅力だと思う。

他の街や市場で暮らし働かせてもらったことはないが錦市場で生活をしていると、この市場がたくさんの人から手塩に掛けて育まれていることがよくわかる。運営という言葉ではなく手塩に掛けて守っていこうという感じがするのだ。

実際には錦市場商店街振興組合が理事長を筆頭にして広範囲な方々と議論されこれからの錦市場や今のあり方などを考えながら明日を見据えてきっちりと運営されているのだが、それよりも町内の兄貴役のおやっさんや隣の店のおかみさんやお客さんと接していて大事に育まれてるんやなあと思うことがよくある。錦愛を感じることも度々だ。

けれども最近行く先々で「このごろの錦はどうなっとんねん、だいぶ変わってしもたなー」と嘆かれることが多い。どこもそうだと思うが確かに最近は外国の方やガイドブックにスマホ片手の若い人達がたくさん来られるので錦市場も観光地のようなことになってきていて雰囲気は昔とずいぶん変わっている。

そんなことを町内のおやっさんと銭湯で話していたら、「せやけどな、変わるもんは仕方がない。変わってきたらそれをどう料理するかがおもしろいとこや」と顔を真っ赤にして水風呂と熱い目の深風呂を行ったり来たりしながら話されていた。錦市場が四百年続いてきたのはこのたくましさなんだろうとそのおやっさんの肉が落ちたお尻を見ながら思った。

そして錦市場にいる有り難さの筆頭はなんといっても祇園祭の神輿渡御《みこしとぎょう》のお手伝いをさせてもらっていることだと個人的に思っている。

正確には八坂神社の三基の神輿のうちの西御座神輿の渡御（氏子町内を巡幸）を錦市場（錦神輿会）がさせてもらっている。その神輿渡御こそ祭そのものだといつも思ってしまう。

数十万人の人出になる宵々山、宵山があって、七月十七日の朝から始まる山鉾《やまぼこ》の巡行が行われたあといよいよ夕方から深夜にかけて三基の神輿が八坂神社から各地域へ巡行する。錦が担当する西御座神輿は八坂神社を出て四条通から花見小路、三条通から木屋町、河原町を担いでまわる。慣れ親しんだ夕方から夜の京都の街で、重さと激しさで何も考えられなくなった状態で担がせてもらっていると、気がつけばこの街の地面が電柱がむせかえる匂いが蒸し暑さが愛おしくなっている。

また巡行時だけではなく当日、毎年変わらぬ顔ぶれが集まってきて御神酒をいただきながら祭装束に着替えている時間や、祭りの後に皆で銭湯に行って赤く腫れ上がった肩の神輿こぶを見ながら汗を流しているときも有り難いなと自然に感じてしまう。

うまくはいえないが祭の最中はその前後も含め大きなものに守られているような気がしている。そして担がせてもらったあと神様には申し訳ない表現だがいつも垢抜《あかぬ》けた状態になっている。

錦市場はモノではなく受け継がれてきた慣習や知恵で人を呼ぶ市場になるのではないかと思う。そうなってほしい。

# アゴ族しゃくれ協同組合。

少し前に大手の広告代理店で広告制作の仕事を長いことしている仲間がその後輩という男を「立ち呑み・賀花」に連れてきた。その日は俺がコック服を着ている日ではなく背広を着て立って飲んでいる役割の日だったので三人並んでチョット一緒に飲んだ。

初めて会った彼も老舗のデザイン会社で働いていると聞いたので即座に俺が「インレタやロットリングや道具を使ってまたいろいろ作りたいなあ」というと、この仕事を始めたのはマック以降なのでその時代のことはあまりわからないと彼が言った。

同じ道具を使ったことがありそうな人にその時代の道具の話をするとグッと近くなり楽しくなるので「同時代の道具ボール」を投げたがピクリとも動くことなくあっさり見送られた。

聞けば親父さんもデザイナーだったというので「そしたら家に洋書やら外国の雑誌があって子供の頃それを見て興奮せえへんかったか」というと「家と会社は別でしたし家にはなかったです」と、「同じ本棚ボール」も見

送られた。

さすがに大手広告代理店の仕事をずっとしてきたデザイン会社だ、俺とこみたいに台所と仕事場が隣接していて煮炊きものとポスターカラーとペーパーボンドの匂いが入り混じりステレオからはハワイアンが流れ印刷会社の営業の人が来るたびにビールの大瓶がポンポン抜かれるような家内手工業的デザイン屋とはずいぶん違ったようだ。

ボールをふたつ見逃されてふと彼の顔を見るとなんと下アゴが出ていた。

「あっ、おたくアゴ族しゃくれ協同組合ですやん」と俺が言うと彼はついにバットを振ってきた。

「アゴ族？　まあそれはわかりますけど、しゃくれ協同組合てなんです」と言いながら笑顔の中の眼は細められていた。

「アゴ族の中のしゃくれですやん。しゃくれ科というか。日本だけでもアゴ族しゃくれ協同組合は五〇〇万人はいるよ。俺はその事務局長をしてますねん。おたく資格あるしよかったら入りませんか、おたくこの組合の存在をほんまに知らはらへんかったんですか」と俺が言うと、ついに彼が目をキラキラさせて笑ったので続けて、

「比例区で出たら選挙間違いなく通りまっせ。それは冗談ですけどアゴ族として人種や国や世代を斜めに横断する緩衝材になりましょうや」と決めゼリフを言うと、

「やっぱり族なんですか私ら、そやけどバッキーさんアゴ族の人ら少なそうで多いんですね」と青年な顔をしたので、

「子供のときしゃくれで悩まへんかったか。悩んだやろ。アゴが減っこむようにうつ伏せで寝たことあるやろ。ほんで朝起きたら下アゴが上アゴより減っこんで一瞬喜ぶんやけど朝飯食うときにアゴを動かしたらまた元どおりや。わかるやろ、経験あるやろ」

「…………」

「しゃくれは不正咬合《こうごう》とも言われるの知ってるやろ。下アゴが上アゴよりも前に出ていると不正咬合といわれるねん。下アゴが出てる人間のほうが多かったら不正という形容はなかったんちゃうか、なんかおかしいからアゴ族しゃくれ協同組合を作らなあかんねん」

彼は俺が話しているうちにグラスの上げ下げ速度がグッと上がり後半はその出張ったアゴを濡らしていた。それでいいのだと思う。

## 料理の天使に指名された少年。

子供の頃、「ひまわり」の時のソフィア・ローレンによく似た母親から台所に入ってはいけないと躾《しつ》けられていた。なぜだかわからないがそれは厳しくいわれていた。

そうなると興味がどんどん膨らんでくる。親父と母親が出かけてもデザイン事務所を兼ねていた家なので、仕事のお兄ちゃんやお姉ちゃんがいつもいたのでなかなかひとりにはなれなかった。けれどひとりになったときには台所に入ってドキドキしながら玉子をフライパンで初めて焼いた。

ソフィア・ローレンに叱られるので徹底的にフライパンを洗い、元にあった場所と寸分違わぬように置き、玉子の殻は家の外のゴミ箱に捨ててお箸も皿も元どおりにした。

一回目がバレなかったので次は玉子と冷蔵庫にあった肉も一緒にフライパンで焼いて食べた。そのとき、衝撃的に感激した。最高に面白いと思った。それは忘れもしない通知簿がほぼオール2の小学四年のときだった。

しかし帰ってきた母親にバレた。今思えば感激した段階で、初めて台所を使ったときの

ような繊細で慎重な証拠隠滅作業はできないテンションになっていたと思う。

ラテンである。素晴らしい才能。証拠隠滅より感激したから踊りたい歌いたいが優先する少年だったのだ。スパイ失格だ。

フライパンの洗い方や台所のきれいさどうこうより家中に肉を焼いた匂いが充満していたし、肉がうまいから冷蔵庫にあった肉を全部食べてしまっていた。

ソフィア・ローレンは少し目をつり上げてアイ・ジョージに似た親父に「あんたからも怒って、この子が火事行かせたらどないするの」といっていた。

素直なラテンの少年はうなだれて謝ったが謝りながら今度はかしわを焼いてみたいと思っていた。

家の隣の路地の中に平屋のアパートがあってそこに大学生が何人か住んでいた。その大学生の部屋によく遊びに行って『少年マガジン』や『サンデー』を読ませてもらったり、大学生が何人か集まり酒を飲んで激論している横で忍者武芸帳や手塚治虫の単行本を読んだりわけがわからないままその激論を聞いていたりしていた。自由にさせてもらえたがよく使い走りをさせられた。

そんな感じだったので「なんか食べるもの作ってもええか」と言うと「ええが冷蔵庫なんもないさ」と誰かから返ってきたので早速小さな冷蔵庫を開けるとマーガリンのヘタとマヨネーズ以外全く何も入ってなかった。

俺は家に戻ってソフィア・ローレンに「学校で飼っているウサギにキャベツを持ってい

くことになったしちょっとだけほしいねん」と言うと「半端やしこれ持って行きよし」と渡されたキャベツを持って大学生がたむろする部屋に戻ってフライパンで焼かせてもらった。油がなかったのですぐに焦げ焦げになり部屋は煙だらけになった。大学生は全く気にせず焦げたキャベツをつまんで一升瓶を置いて三人で飲んでいた。

フライパンの中には世界がある。子供の頃、それに気づいたわけではないがフライパンがあれば何でもできるような気はしていた。それなのに台所に入ることを禁じられている料理の天使に指名された少年は次の手に出た。

親父に理科の実験用の電熱器が宿題でいるからと言って買ってもらい、それに水を入れた空き缶をのせてベビーラーメンを入れて食べようとしたり、お菓子が入っていた缶の蓋で玉子を焼こうとしたが全部失敗した。空き缶で炊いたベビーラーメンは箸で食べられなかったし缶も熱くて持てなかった。お菓子の缶の蓋は焼けてベコベコになり塗料が溶けて異臭がし、玉子を食べるどころではなかった。

それから料理の天使に指名された少年は本気になった。お年玉で小さなフライパンを買い、調味料は台所のをくすねて揃え、公設市場でうどんの玉や玉子やタマネギを買って大学生の部屋で毎日のように焼かせてもらっていた。それが五年生のときだった。そのときすでに大学生が作る焼きうどんより俺が作るほうがはるかにおいしかった。そして俺はコックさんになることを決めた。

# ハタチの奴らとの戦い。

　この頃、若者と一緒に仕事をしたりメシを食ったりすることが多くなった。今までも少なくはなかったが当時は若者だった奴らももう三十前後になり、選《え》りすぐりの酒場虎の穴をくぐり抜けてきたせいか若者らしさが消えて酒場では結構老獪《ろうかい》な立ち居振る舞いをするようになっている。つまらない大人になりつつあるなと思いながらも杯に酒を注ぐタイミングのうまさに目を細めてしまう俺がいる。

　そんな彼らともはるかに離れたハタチ前後の若者達と最近は道中することが多くなった。三回り以上も年下の奴らとやり取りをしていると自分自身が生き物として本能的に何かを感じたのか、少し前に俺は、大人ぶる中年ぶるオヤジぶるのをやめたというかかなぐり捨てた。

　そのきっかけはいろいろあるが、多少の術では全く通用しなくなったということだ。

　例えば俺が街の手練れであるところを見せてもハタチの奴らは何も感じてくれないし、居酒屋で絶妙な間と見切りで注文してもみんなスマホを触っているし、ドビニストとして

華麗な土瓶蒸しとのダンスをカウンターで披露してもどんどん距離は離れていく。

それでもチョット盛り上がってママがひとりでやっているようなスナックへ連れて行っても雰囲気におじけることなくコーラを注文しやがるし、昔のホステスならほぼ全員目を潤ませ口を開けていた俺の十八番であるニック・ニューサの「サチコ」をドアの外から歌いながら入ってきてもこの人何をしてるのか意味がわかりません的な顔をしているというかマイクを握り熱唱している俺を見ていない。

自然と得意の地団駄のステップを踏んだそのときに俺は気がついた。

子供の頃に読んでいた多くの漫画（忍者武芸帳、紫電改の鷹、巨人の星、あしたのジョー、男一匹ガキ大将、ドラゴンボールなど）から得てきた教訓すなわち「何をするにしても手練れにならなければいけない」をもとに磨き上げてきた俺の術など奴らには通用しないことを悟った。

そこで引退間近の金田正一の顔が現れた。「星よ、わしなら新しい変化球に挑戦する」と言ったあのシーンだ。今まで投げていたカーブやシンカーで通用すると思っていた俺が稚拙《ちせつ》だった。速球が通用しなくなった相手に対して変化球を投げるなら大リーグボール的なものであるべきだと星飛雄馬も気づいたように、共有する情報や経験がなくても通用するボールを編み出さなければダメだと考えた。そうでなければハタチ前後の奴らに通用しない。

そんなこんなで俺は現役で居続けることにした。

まず着なくなった服は捨てた。数十年間で溜まりに溜まった押し入れや倉庫の中にあるいつか使えそうなものを選別して捨てた。

そして残った道具や意味のわからないモノを拭いてやり陽にあてた。

そうこうしているうちに腹の減り方が変わった。もともとそうだが八寸や突き出しが面倒になった。朝から鶏の水炊きをするようになった。定食屋とラーメン屋を間髪開けずに行くいわゆるAクイックを復活させた。酒場での店一軒あたりの滞在時間が短くなった。グラス上げ下げのストロークのキレが戻った。

俺は経験や巧さの黒田の道より大谷の道を選んだ。

ハタチの奴らはなかなかタフである。またしてもきつい旅が始まった。

# 第5章
# ココロ折れても生きる

（二〇一七年〜二〇二〇年）

# 昭和の方程式と、親父。

バンドマンでデザイナーで元甲子園球児で酒飲みで馬カポリな親父がとうとう酒場を始めたのは俺が小学校の五年くらいのときだった。

四条の川端を上がったところの小さい瀟洒《しょうしゃ》なビルでハワイアンを生演奏のバンドバックに歌ったりハワイアンのレコードがかかる酒場なのになぜか英国調のロゴマークの「スコッチルーム・ケルト」という名前の店だった。

京阪電車もまだ地上を走っていて四条通りにも市電が走り川端の疎水沿いに屋台も並んでいるのんびりした時代のように思うが、今とは比較しようもないくらい祇園も木屋町も盛り場はとても賑わっていた。

たまに親父が家に忘れものをして俺が自転車で店に届けるときに、「夜の街にいっぱいいる大人という奴はヘラヘラ笑ってばかりの酒臭い生き物や」と、まるで他の生き物を見るような感じだった。

親父が祇園で酒場を始めてからは家に親父のバンドのメンバーや不良な仲間が来ることがほ

とんどなくなったし、今まではプロ野球のナイターを見ながらゆっくり晩飯を食べていた親父もさっさと食べて毎晩すぐに店に行くようになった。その時期になぜか俺はテストでいい点を取る喜びに目覚め毎晩必死で当時の参考書『自由自在』や『応用自在』で勉強していた。

今思うとあれはいったいなんだったんだろう。勉強なんか全くしなかった俺が急に勉強するようになったのは親父が酒場を始めて夢中になるのと同期していたのかもしれない。

親父が酒場を始めたことで骨の芯から遊びごとが好きな親父のフィールドがさらに拡がったようで、昼間の仕事の商業デザインは遅い目の朝に起きてきて事務所のスタッフの人達に指示だけして昼前から店の常連さんやら金持ちのおっさんやらと毎日のようにゴルフに行くようになっていた。

街場からすぐのゴルフ場、東山の七条から山科へ抜ける途中にある太閤担カントリークラブや上賀茂や西賀茂の京都ゴルフ倶楽部に昼前から薄暮でラウンドしていたんだと思う。

今だからわかるが親父が毎日のように行っていたゴルフは、現在のアスリート的ゴルファーやスポーツなゴルフとは真逆のゲームゴルフであり、極端にいえばちょっと汗をかいて昼下がりのクラブハウスで飲むためにするゴルフだと思う。また、そこに賭けがあり、酒があり、意地があり、ときには女の人もいる昼間の遊びが楽しくないはずがない。

ゴルフ場も盛り場から車で二十分ほどのところなので、プレイが終わってクラブハウスの風

呂で汗を流せば行きたくなるところはステーキ屋か寿司屋かフグ屋に決まっているし、そのあとの流れも将棋の定跡のように祇園、木屋町、先斗町の酒場をめぐることになる。まさに昭和の汗の時代の六回の裏あたりの艶《つや》っぽいところだ。

元甲子園球児（しかも選抜で優勝している!!）だった親父はゴルフを始めてすぐにシングル近くまでいったようで、少し前に百練に飲みに来た親父の古くからの悪友が「あの頃、お前の親父に昼間はゴルフで金払ろて、晩は晩で店に金払ろてたなあ」と言って笑って酒をおかわりをした。

するとまたその人が「それからお前の親父はチャンネエもみんな持っていっとったし具合悪かったでほんま」と楽屋用語を使ったの

で俺がすかさず「イータカタッチてなんでしたっけ」と元不良バンドマン魂の火をつけると、そこから百練のカウンターは楽屋用語講座になった。

そんなときに悪友に呼ばれていたのか親父も百練にやってきていきなり「お前らいらんことしゃべってへんやろなあ、こいつはじきにおもしろおかしく書きよるしかなんにゃ」と八十過ぎの元悪友達に言いながら嬉しそうだった。

親父が加わってから四条川端の近くにあった屋台のおかみさんの話が出て来た。聞けば、ナイトクラブでのバンドの仕事が終わってからバンドのメンバーでいつも行ってた屋台のお姉さんと親父ができていたということ。そのせいかメンバー五人で行って普通は三〇〇〇円くらいの勘定がいつも五〇〇円くらいでどう考えても「オーちゃん（親父のこと）がまた仕事しよった」とメンバーで話していたことなど昭和のナイトクラブの楽屋エピソードの花が山盛り咲いた夜になった。

そして俺が高校に入った頃ついに親父の酒場から洗礼を受けた。きつい旅の始まりでもある。

# 酒よ酒よ、酒さんよ。

酒は飲んだらなくなってしまう。なくなればもう一杯飲むか勘定をして帰るのかいつも逡巡する。これを四十年以上やっている。

俺はさほどうまい酒を求めているわけではない。どちらかというと酒は何でもいいタイプだ。うまさを求めてないなら酒に含まれるアルコールを欲しがっているのか、多少あるかもしれないがそれでもない。

それではなぜ空《から》になったグラスをじーっと見つめて注文するしないでココロが揺れ、視線を行ったり来たりさせているのか。

酒は時間との引換券だと思う。取引の相手は店でもないしバーテンダーでもない。実は酒をもう一杯注文することでそのグラスの酒を飲むまで帰れないことが確定する。

かといってショートカクテルをひと息で飲めばすぐに帰れるし水割りでも熱燗でもすぐに飲み干すことができる。では誰と取引しているのか。

取引相手はもちろん自分自身だ。酒を頼んだからこれを飲み干すまで帰ってはいけないと自分自身が勝手にどんどん制約条件を付け

ているのだ。

家でメシを作って待ってくれている嫁さんに「これ飲んだらすぐ帰るしな」と思いながら時計を見つめるとどんどん進む針が憎たらしい。そして目の前の酒はまたすぐなくなってしまう。グラスが空になる、徳利が空になる。口がパクパクになる。

俺はセコスタンスの伝承者なので上等のバーや割烹で酒を飲むスピードは遅い。遅いといっても普通の人に比べたらそこそこ速い。上等の店で普通に飲めば純米酒が七尺くらいのグラスに注がれたり、ウイスキーの水割りでさえメジャーカップで入れられたりすると支払いが高くなる気配を察知して極端に飲むスピードが遅くなるのがセコスタンスだ。

しかし角打ちや立ち飲み屋や昔から通っている安酒場で俺が酒を飲むスピードは短距離走者の超スピードの走りではなく一線級の長距離走者が目の前を通ったときの「えー、ほんまにあれで四〇キロ走るの？」的なスピードだと思う。

だいたい酒なんかどうでもいい話のものだからこそ酒を飲む場や飲む時間が奇跡的な何かを産むのだと思う。

俺はアル中である。けれどもアルコール依存症ではない。街で飲まないことには行くところもやることもないだけの話なのだが長いあいだ街で飲んでいて素晴らしいことも実際にたくさんあった。

女連れで割と通っていたバーのバーテンダーと意気投合しその彼は今では最高の仕事

仲間だし、生き急いでいた幼馴染みと飲みに行ってワインを空けた本数は五千本以上だし、キャラメルママやディランセカンドという店を経営している戦後人生という名の男と何度も将棋のタイトル戦を見に行っては朝までしゃべれたのも街で飲んでいたからだ。

俺が美人おっさん論を書く動機を与えてくれた鰻谷《うなぎだに》のママと日が暮れる前に何度も小さく古い焼肉屋でコップ酒を飲めたのも、岸和田の編集者に「おーイノウエ文学的いうことわかるか」と何度も言われながら飲めたのも堂島サンボアがあったからだ。

エビスジーンズの創業者とも広告制作の打ち合わせで初めて会ったその日に夕方から住宅地の公園の前のバーでほとんど語ることなくウイスキーを十杯ほど飲んだ。

手のごつい泣き坊主の師匠とは昼下がりのリーチバーで偶然よく会った。会えば道頓堀か北新地を引きずり回していただき靴でウイスキーを飲まされたり太い万年筆で訳のわからないメモを渡されたりいつも最後は真夜中のうどん屋で泣き坊主の師匠の大きな笑い声が街に響いていた。

京都でもほぼひとまわり以上も年上のお姉さん方とよく行く酒場で隣席しているうちに話すようになってからときどきデートをするようになったし、街場の酒飲みの後輩が死んだそのお通夜で奉納相撲を何本も取っていて明くる日気がつけば肋骨が二本折れていることもあったし、仲間の披露宴に和服を着ていったときは鏡割りをした酒樽を空にしてから頭からかぶり虚無僧《こむそう》になって踊った。

酒を飲んでろくなことはないが、酒の場があることでいろいろ助かったこともシアワセになれたこともある。それでいいと思う。

さあ今夜も街へ酒を飲みに行こう。それしかない。そしてそれでいいと思う。

# シアワセと酒場と、ゆでたまご。

ずいぶん長いあいだ酒を飲んできた。十代の頃から激しく飲み始めてきたのでなかなか抜群のキャリアである。

素晴らしい成績を残してきたそのキャリアについて誰も褒めてくれないけれど、俺は酒を飲んできたことでとてもたくさんの何千何万のとても小さな一瞬で消えるかのようなシアワセに触れることができたと思っている。

それを改めて思うと四十年以上飲んできてほんまによかったなと六十歳にして確信している。

酒そのものよりも酒がある場にいることができたことでいろんな場面が現れ、たくさんの人とも会うことができた。

極端に言えば今まで出会った人の半分以上は酒場で会った人だし、出会いが酒場でなくても一緒に酒を飲んだ人を含めると生涯でお目にかかった人の三分の二以上の人と酒を飲んできたように思う。

初めて会ったのが学校であっても職場でも仕事関係でもアウトドアでも塾でもジムでも一緒に行くところは酒のある場所だった。

別に俺は酒を飲まないと話せないわけでもないし、何をするときも酒を飲まずにいられないタイプでもないが行くところにはなぜか必ず酒がある。

たぶん酒があるところにはいらんことがというか、不要なことが、無駄なことが、無用なことが現れる可能性が高いので、俺はそこに行くのだと思う。

酒のある場には、面倒な奴がいることもあるし自分自身の頭が面倒な働き方をするときもあるしお金も減るし体を壊すかもしれないけれど、普通ならなかったことが起こったり、見えていなかったことが見えたり、許せなかったことが許せたりなどの錯覚的なズレが起こり生きる場が複数になる。

また酒のある場にはミノムシがミノを作るときの小枝や葉の小片がたくさん漂っているのでそれを酒という糸で紡《つむ》ぎ合わせて自分自身にまとわりつけている。極端に言えば俺自身はそれでできているようなものだ。

少し前によく行く酒場で飲んでいると、酒は太めに飲むタイプだがかなりスパイ度の高い美人が俺に「なんでバッキーさんはシアワセだけカタカナで書くの」と鋭いことを訊いてきたので「漢字で書くとサチな感じがするし、ひらがなで書くと個体な感じがしいひんのと俺が書いているシアワセは出てきてすぐ消えたりするようなやつやしカタカナにしてんねん」と答えたらスパイ度の高い太めに酒を飲む美人は「ふーん、この辺に飛んでる小さい火の玉のようなシアワセのことやね」とシャープにセンター前に打ち返し俺を喜ばせ

てくれた。

彼女もそこここで現れてはスッと消えていくようなものをシアワセと捉えているようだった。

到達点や達成そのものがシアワセではなく、そこにたどり着く道中でもシアワセは現れるし目的地にたどり着いた瞬間にも現れる。

またたどり着けなくてイヤになった帰り道の居酒屋でもシアワセはヒョイと出てくることもあるし、風呂場で浮かんでいるときもあればフライパンの中に現れるときもある。脱いだジャケットのくたびれ方を見たときにもシアワセは現れる。

酒場の黒帯になれば普段ならすいている酒場がなぜか満席で入れなかったり、麦焼酎を頼んだのに芋焼酎が出てきたときや、前にも一度この店で出会った人と目があったときにもシアワセを感じることができる。

余談だが最近俺は芋の麦割りをよく注文する。

水前寺清子が「しあわせは 歩いてこない だから歩いて ゆくんだね」と歌っていたが、そうではなくて「シアワセは上げたグラスのあとにある」であるし、「人生は ワン・ツー・パンチ汗かき べそかき 歩こうよ」ではなくて「人生は行きがかりじょう 泣いたカラスがもう笑ろた そこここにあるシアワセのカケラ」という歌になるのが生き物流である。

シアワセの象徴的な食べ物や飲み物は世界中にたくさんあるけれど、俺が最もシアワセの要素を持っていると思うのが「ゆでたまご」いわゆる「にぬき」「ボイルド・エッグ」だ。

俺の場合はラーメン屋のカウンターにあれば間違いなく手が出るし、スペインバルにボイルド・エッグのピンチョスがあれば必ず四つは食べる。

あの白と黄の色もシアワセ的だし、プニュプニュした柔らかさも食感も何もかもがシアワセな感じがする食べ物だと思う。さあ、今夜も酒場に行こう。ゆでたまごを求めて。あー、というしかない。

# 五十九歳の夏の終わりのデート。

　高一のときに高三の不良の女と付き合ってから四十四年経った。ずいぶん俺も変わったがなんにも変わってない気もする。そんなことで五十九歳現在の夏の終わりの一日をここに書き留めておこう。なんでやねん。

　昨日、昼の仕事も夜の仕事も休みをいただいたので久しぶりにデートをすることにした。

　待ち合わせは京都の大丸百貨店の錦小路側の入り口。なんだか年寄り臭い待ち合わせやなと思ったが二十代や三十代の頃のようなイキッた待ち合わせより実利を取った。

　まあそれを取るところが年寄り臭いのだが待ち合わせ時間が午前十一時十五分なので仕方がなかった。

　時間通りに会うことができたので大丸の高倉通り側の入口前の「寿司清」に早歩きで行く。十一時三十分開店の店で少し遅れるとすぐにカウンターが埋まってしまうから開店の少し前に行くのがこの店のコツだと思っているのでセコイ男やなと思われても俺は早歩きをした。

彼女には「暑いから俺が並んでおくし大丸でも行っといで」と言ったが「十分ほどでは何にも買えへんし」と俺と一緒に並んでくれた。

ほどなく開店してカウンター前に座り生ビール小をふたつと茶碗蒸しと赤だしも付いているお得なランチセットを頼んだ。

板前さんにセットの寿司はあとから握ってくださいと言い、アジをアテで注文して酒をヒヤでふたつもらった。この店が初めての彼女に「開店直後のカウンターにいはる人らみんな年季入ってるやろ俺はこの感じが好きやねん。寿司屋はあんまり行かへんけどこの店のこの時間のこの感じがええねん」と言ってるあいだに酒がなくなったので茄子をアテで焼いてもらった。その次は剣先イカをアテでもらった。欲どおしく寿司セットなど注文した俺がアホだった。

それでもセットの握りと茶碗蒸しを食べたあと腹一杯になって店を出ると一時過ぎだったので「ミッション：インポッシブル」の新作を見に行くことにした。中学の頃からデートと言えば映画だった。今もそれは変わらない。ただ映画館に色気がなくなったことと中で飲む物がコーラから水割りになった。

やり過ぎのトム・クルーズより前作から出ているレベッカ・ファーガソンが演じる女スパイに目がハートになりながら缶の水割りを三本飲んで映画はやっぱり最高やなとムービックス京都をあとにした。

「まだ四時か」と一瞬思ったがスパイ映画を見てさらにスパイ度が上がった俺はすぐに行く店を決めた。立誠校前の「ビートル・

momo」というレコードバーにした。懐かしい「バー・フランボウ」の設《しつら》えのままの階段を上がってドアを開けるとひっそりマスターがいた。

彼女のジントニックと俺のジンリッキーを注文すると同時にレコードを見ると大滝詠一のジャケットだったので「あー、福生《ふっさ》ストラット初めて聴いたときカッコ良すぎて感動したの覚えてるなあ」と呟いた。

そうしているうちに荒井由実の卒業写真が流れてきたので彼女に「来月号のダンチュウのコラムで寺町サンボアと荒井由実の卒業写真をかけて書いたんや、そのココロわかるか」というと「悲しいことがあるとドア開けるんやろ」と女スパイのようないい筋の応酬をしてくれたが答えはノーだった。

店を出るとまだ日が明るかったので木屋町四条下がるの「オンズ」に行った。

赤ワインをパテとマスターとのやりとりで二杯飲んだ。そのまま居着くと酔ってしまうので店を出て先斗町の床のある店でも行って外で飲ませてもらおうと歩いていたら「折り紙」という立ち飲み屋の前を通ったので吸い込まれるように入った。

特に何があるわけでもないがどこか惹かれるのはマスターの人柄のせいか何だか親戚的な店になっている。

そこを出て目的地の先斗町・百練を目指していると越えなければならない店がいくつもあった。まずは「ノイリーズ」の前を通ったときに飄々とした野杁《のいり》さんの姿が浮かんだが通り過ぎた。

近くには木屋町のヨーダの店の「アルファベットアベニュー」があったが早い時間でまだ開いてなかったのでスルーして、先斗町の「ますだ」も多分満席だと勝手に決めつけ進んで行って歌舞練場の前の道から先斗町に入ると最後の砦《とりで》がふたつもあった。

ひとつはお茶屋の「あだち」、そしてもうひとつが「川崎バー」だ。どちらも「またあとで覗こか」と言った瞬間に暖簾の中からあだちの大将が出てきたので「お、バッキー今日は休みかいな」と声をかけられ俺達も暖簾の中に吸い込まれていった。

その後「ハッピー・スタンド」「川崎バー」「IKKYU」に行って俺はコースター芸術の制作に目を血走らせた。そして絶壁の証明をグラスで披露した。

結局、その日は床に行けなかった。あー、というしかない。

# 錦市場の朝と、先斗町の夜。

先日、コラムで実際にデートをしたときのことを実録的に書いた。

「お前はええ年して恥ずかしないんか」とか「リアル過ぎてつまらんわ」とかよく一緒に飲む奴らからボロクソに言われた。

けれどもそれは普段よりレスポンスが良かったと俺は解釈し今回も実録もので行くことにした。

錦市場午前九時。いつものようにヌカ床の入った杉樽を運び並べてからヌカ床を混ぜて杉樽を井戸水で洗い漬物店の開店準備をしていると、錦市場の魚屋に寄ったあとの料理屋のご主人が「高倉はん？　今日はよう漬かった白菜のヌカ漬あるか」と声をかけてくれたので「あります、家でばっかり食べんと店でヌカ漬とか古漬を使てくださいよ、酒呑み喜ばはりまっせ」と言うと「ほなら高倉はんもたまにはおいでえな」と言われたので「また行きますわ」と言いながら今日早い時間に行こうと反射的に思った。

そうこうしているうちに伏見の作業場からスタッフが漬物を錦市場に運んできたので一

緒に積み降ろしをして「今、腹減り度なんぼや」とスタッフに訊くと「九〇ですわ、ペコペコです」というので伏見の作業場に戻る車に俺も乗り込んだ。

四条や烏丸界隈は昼メシどころの宝庫で値打ちのあるランチがいただける店がいっぱいあるが、七条や南区にも強烈に惹きつけられる店がたくさんある。

そして若い奴の顔を見れば陳列棚からおかずを取るタイプのいわゆる大衆食堂かお好み焼き屋に行きたくなる俺の習性が車を南へ走らせた。

しかしお好み焼き屋はどうしてもビールが飲みたくなるのとスジ焼きやらを食べ出すと時間がかかり仕事中は行けないので必然的に西七条の食堂に向かった。

十五年くらい前までは卸売市場の場外に平井食堂があったのでその頃ならそこへ一目散だったが今はそこがなくなったので市場の近くの店に行くと閉まっていた。気がつけば卸売市場の休場日だった。俺もスパイ度が落ちたと真剣に最近よく悩む。四十代の頃にはこんなことはほぼなかった。

しかしそれを若者に悟られてはまずいので大きな声で「残念こそご馳走、ほならラーメン藤に急行」といって車は加速した。

勧進橋のラーメン藤本店にふたりで着くと特製ラーメンのネギ多い目、肉バラとメシをふたつずつ注文した。ラーメンが出てくるまでに目の前にあったゆで卵を食べ続けた。

俺のラーメンの食べ方は肉にヤンニンジャンをちょっと付けてその肉でネギを巻いてメ

シをある程度食べてから麺に進むというスタイルだ。まあどうでもいいか。

夕方、朝に漬物を買いに来てくれた割烹に行った。カウンターにいたご主人が「お、ほんまに来たやん」と笑ってくれたので「一杯だけ飲ませてもらって古漬注文しますねん」というと盛り上がった。

ほぼ毎日六時ごろから九時ごろまで先斗町の百練のカウンターに入っているのでほんまに一杯だけ飲んで先斗町に行こうとしたがカウンターの向こうに土瓶蒸しという達筆で描かれた貼り紙が見えた。

ドビニストは疼《うず》いた。止まらない。ドビニストにはその店の土瓶蒸しがうまいかどうかわかるのだ。付き出しがシンプルで気が利いている店とモノが多くなくよく片付いている店の土瓶蒸しがおいしくなかったことはない。

しかもこの店の主人は白菜のヌカ漬の古漬を家で食べている。まさに鉄板だとドビニストのスカウターの針は振り切れた。

そして土瓶蒸しを頼むとそれができ上がるまでに一合なくなり、出てきてから二合必要だった。気がつけば六時前だったので慌てて勘定をして先斗町の百練に向かった。

店に入るとカウンターに大御所のお姉さんとそのお連れさんがすでにいて「お早い出勤でよろしいなあ、どこに寄ったはったんえ」と睨《にら》まれた。

さっさと着替えてカウンターに入って「いらっしゃいませ、漬物の営業に行ってましてん」というと「あーそれはご苦労さんどし

た」と大御所のお姉さんは俺の行動が手に取るようにわかるようだった。

古漬の和《あ》えものをしたりしながら大御所のお姉さん達と話して苦笑いをしていると数年前に死んだ叔父のことを思い出した。

事情が厳しいときに親戚全員を支え、俺のふたりの母親のことや無茶苦茶だった俺を引き取ってくれたことで苦労は多かったが、何も言わず全部含めていつも笑ってくれていた叔父の顔が何故か浮かんでいた。

ほかのことを考えたその瞬間さえ見逃さないスパイ度が恐しく高い大御所のお姉さんは「あんたなに考えてはんの、まあ一杯飲みよし」と間髪入れずにパスをしてくれた。ここから先斗町で長い夜になった。続く。続かなくてもいいか。

# もう早く家に帰りたい。

俺は近所の多くの人から「あんたは毎日毎日おっそおっそーまで飲んではるんやろ、どっかの店で」とよく言われる。

まあ俺の飲み方を見はった人がそう思ってしまうことはわかる気がするが、俺は十二時過ぎて街場の店で飲んでいることはほぼない。

十二時過ぎてまだ飲んでいるときは歌い過ぎてアゴがハズレているときか何かに夢中になっているときだ。

夜中に夢中になることも三十年前と大きく変わった。

昔から基本的にシラフでは夢中になれなかった。そうさ俺はシラケたやつなのさ。

お、この感じはちあきなおみが歌っていた「かもめの街」だ。

「やっと店が終わって ほろ酔いで坂を下りる頃」

「そんなやりきれなさは 夜眠る人にゃ分らないさ」

「一服しながら ぼんやり潮風に吹かれてみるのがあたしは好きなのさ」

ちあき哲也はいい歌を作ってくれた。

最近、いい歌がしみてくる。だから俺は立ち飲み屋の賀花にいることが多い。

あー、飲む時間の話だった。

三十代の頃はほぼ毎晩三時まで飲んだ。頑なに家に帰らず、たいがい気絶するまで飲んでいてパッと目がさめるというか「もう閉店やで」と言われて起きるのが三時だった。

その頃は毎日九時十時まで仕事をしていたので飲み始めるのが遅かったのでそれも仕方がないかもしれない。でも夜中はダークラムのロックばかり飲んでいたのでマジで気絶していた感じだった。

四十代の頃はそれが二時くらいになった。ダークラムからウイスキーの水割りになったのも大きいが街の先輩方の酒場に軸足を移したので気絶することが少なくなったから二時になった。

そして五十代になってからは一時くらいになり今は滅多に十二時を過ぎることはない。

それで俺の飲む時間がどうしたというのだ。それよりも語らなければいけないことがある。

この四月に同級生だった男が死んだ。そいつは遊びも麻雀も酒も女も好きだったがどれもヘタだった。

けれどもそいつは新しい遊びやええレコードをよく見つけてきたので十七、八の頃、俺はそいつの家によく行った。

ソウルやイギリスのロック、キャロルや矢沢永吉やダウン・タウン・ブギウギ・バンドが主な主戦場だった俺にリッキー・リー・ジョーンズやジャクソン・ブラウンを聴かせて

くれたのもそいつだった。俺のまわりでニュートラやサーファーの服を初めに着だしたのもポパイ的な情報を持ってきたのもそいつだった。

俺はなんか性に合わなかったがそれらにモテる匂いを感じたので似合いもしないファーラーやコーデュロイの服を着たりイーグルスやカーリー・サイモンを聴いて一瞬そこに踏み込んだが、キャバレーのバンドマンである親父と、初めて会った十八歳の俺をサンボアバーに連れて行ってウイスキーを飲ませたスーザン・サランドンな母親の血が俺をサーファー、ウェストコースト、荒井由実の土俵から繁華街の酒場のドロドロした土俵へ引き摺り戻した。

それでもポパイ的なそいつと付き合いは続いたがハタチくらいの頃にそいつがセリカのダブルエックスを新車で買い、そのクルマからジャクソン・ブラウンのステイが聴こえてきたあたりからあまり遊ばなくなった。

そして日曜日の昼前にそいつが俺の家に来たのでいつものように「お好み焼き食いに行こけえ」と言ったが匂いが付くと言って断られてからは俺がそいつのクルマに乗ることはなくなった。

趣味も遊びも違っていったがそれでも定期的にふたりでよく飲んでいたのはなんだったんだろう。

昔からそいつと遊んでいた奴らも俺もそいつが死んだと聞いたのは残念ながら葬式やらが終わってからだったので、そいつを偲《しの》んでチョット飲もかということになってどこで飲

めばいいか迷ったが適当にCDがかけられる立ち呑み屋の賀花にした。

　ジャクソン・ブラウンのステイやリッキー・リー・ジョーンズをかけてヒヤを飲んだがやっぱりどうもおさまりがよくないので柳ジョージをかけて皆で飲んだ。

　みんな六〇くらいになったがポジショニングはあの頃と何も変わらない。

　その夜、家に帰ったのが四時をまわっていた。あー、というしかない。

# 世界中から立ち飲みにやってくる。

「ツモローカムバック！」という声を最近よく発している。

それは錦市場で昼からやっている立ち飲み屋の賀花にフラッとやって来た外国人達と一緒に飲んで適当にしゃべってわけがわからないまま盛り上がり彼ら彼女らが店を出るときにハイタッチをして「ツモローカムバック」（トゥモローではなくツモロー）と声をかける。

英語的には多分おかしいとは思うがいちいちそんなことを気にしている余裕もヒマも記憶力もなくなってきたので顔や指やステップやなんでもかんでも投入して俺はインバウンドな奴らと必死でやり取りしている。

こないだはマドリードから来ていたふたりの男に「澤屋まつもと」という俺が飲み続けている酒を勧めてトリオ・ロス・パンチョスの「ベサメ・ムーチョ」を店でかけたら彼らもゴキゲンになって痛そうな髭がたっぷり生えた頬を俺のほっぺたに擦りつけたので久しぶりに鶴亀のタップを踏んであげた。そのタップのテーマの鶴亀を説明するのはさすがに難しかったのでコースターの裏に鶴と亀の絵

と花嫁を描いてめでたさを伝えた。

その少し前に北京から来ていたカップルは店の前を通りかかったときに樽の上に置いてある酒を見て入ってきた。

芽台酒《マオタイしゅ》をたまたま置いていた。彼らは日本のしかも市場の中の雑多な立ち飲み屋に年代物の芽台酒があることに驚き、わかりにくい英語で話しかけてきたので俺が「レッツドリンキングカモン」というとショットグラスで一杯四〇〇〇円もする芽台酒をカップルで一杯ずつ飲み俺にも一杯おもってくれたので北京式の乾杯をした。

芽台酒専用のショットグラスが空になったことを乾杯した相手に見せる作法を俺がすると彼らがまた喜んで二杯目に突入した。結局彼らは三万円近く払って帰った。

そして俺は芽台酒から始めたからかその日かなりきつい旅になった。

食材の買い付けにフランスから来たという五十歳前後の兄弟がフラッと賀花に入ってきたときも俺がすぐそばにいた。

パッと見た瞬間にこいつらおもろそうやなと思ったので「ボンソワ　ジュマペール　バッキー」と声をかけるとすぐに乾杯になって一気に場が広がった。

ポチャッとして人なつっこい顔をした兄貴のほうの男がこの酒うまいなと言うので「まつもとということの酒は俺がエブリデイエブリデイ十七年間連続で一リットル以上飲んでも一度もカラダを壊してないのでグッドな酒だ」ということをわけのわからない英語で伝えると「じゃあ俺たちも一リットルずつ飲

む」と言いだして結局三人とも一リットルずつまつもとを飲んだ。

彼らがヌカ漬やすぐきを食べてチョット盛り上がったので俺が一緒にバーに行くかとふたりを誘うと、兄貴のほうはすぐに「行こう」と言ったがバンカーか会計士のようなクールな顔をした弟が「今夜はバイヤーと食事をする約束がある」と言って兄貴をなだめてふたりは残念そうに店を出て行った。そのときも俺は「ツモローカムバック！」と叫んでいた。

彼らは翌日の昼過ぎにまた現れた。ニコニコしてやってきてヌカ漬とすぐきで酒を飲み始め仕事をしている俺に一緒に飲もうというので「まだ仕事があるので一杯だけ」と前もってブレーキをかけたがお酒落で上品な感じのする彼らの笑い方と食いしん坊まるだしのノリに前もってかけたブレーキは海の藻屑《もくず》となった。

そして彼らがどこか他のところに連れて行けというので必殺のお好み焼き屋「吉野」に連れて行った。

タクシーで細い路を入ってクルマを降りてから路地に入っていくと焦げたソースの匂いがして彼らは目をくりくりさせた。

暖簾をくぐり店に入ると吉野のおかあさんが「あ、イノウエ君、仕事わいな」と笑うので「この人らに京都のご馳走教えたげよ思て仕事抜けてきたんやんか。彼らパリから来てはんねん」とおかあさんとやりとりをしていると遠い昔にいるような気がした。

イカとスジを焼いてもらってビールを飲み

ながら何語かわからない俺の英語と彼らの英語で盛り上がっている光景を見ておかあさんが「イノウエ君、何をしゃべってるん、その英語で伝わってるんかいなほんまに。あんたほんまけったいな人やな、昔からそう思てたけど」と言って笑った。

それから焼きそばのマンボができ上がると彼らは正味感動していた。

そして彼らと歩いて俺の好きな蓮華王院(三十三間堂)に行った。さすがに仏像や建築のことの説明はできなかったが「俺はここが好きだ」と何回も伝えた。いったい俺は何をしているんだ。まあそれでいいと思う。あー。

# 北京とガチョウ鍋と食堂バッキー。

十一月六日水曜日、オープンしたばかりの「食堂バッキー」に後ろ髪引かれながら早朝六時過ぎの電車に乗って北京に向かった。

本来ならば五時過ぎに第一旭本店に行って酒を少し飲んで焼豚の端肉をつまんでいたが、ここ数年早朝からお客さんが並んでいるし開店時間も最近六時になったようだし街もだんだん世知辛くなってつまらなくなった。

仕方がないからスポーツ新聞と缶ビールを買って特急はるかに乗って関空へひとり向かった。

チェックインだけ済ませていつものように関空のフードコートの中にあるカウンターだけの寿司屋にチョット寄ってタコのイボで酒を二、三合飲んで飛行機に乗る。

仕事で行くときは機内では飲まないようにしている。座席の前のモニターもアナウンスのたびにぶちぶち切れるので見ない。二、三冊の文庫本をちょっと読んでは次のを読みグリグリまわして読んでいるあいだに北京に着く。

北京空港は空間が大きくデザインもダイナ

ミックで関空が負けている感じがいつもする。

迎えに来てくれていた仕事仲間と昼飯だけ食って北京から北に三〇〇キロの承徳市にクルマで向かった。途中で何回も万里の長城がチラチラ見えるので「いったいこれは何なんだろう」といつも何度も思う。そして日本語がほぼわからない仕事仲間に「果てしない」と俺はつぶやいていた。

承徳に着いて打ち合わせやら面談やらしているうちに夕方になった。なにやらみんながそわそわしているのを感じる。その瞬間に「こんなことを感じられる人間に育ててくれたのはたぶん子供の頃あの町内や」と思えて仕方なかった。そんな随分昔の暮らしの情景が思い浮かぶ承徳の街だった。

オフィスを出てメシに行こうということになって八人ほどで向かった。日本人は俺だけで日本語が出来る年輩のおじさんが俺のそばにいつもいてくれて助かった。

承徳チームの一番年長で電線音頭の小松政夫に似た人が慣れた感じで迷わずに美味いものを適当に注文してくれて酒が来るのを待つ。

そして白酒で乾杯してどんどん食ってどんどん飲み、見たことのない料理の説明を受けながらなんでも食い何度も乾杯をして中国語の発音の指導を受けながらよく喋って腹もいっぱいになった。

そのうちに歌を歌いに行こうと言うので「おー、歌いに行きましょう」と威勢よく言ったもののどんな所に行くのかチョット不安

だった。

連れて行ってもらった店はホテルの演会場のようなところで一〇〇人くらい入れる部屋で俺達は歌いまくった。日本語の歌も少しあったので俺は「北国の春」を熱唱して承徳の夜は更けていった。

◇

十一月八日金曜日、北京から関空に着いたのが七時くらいだったので「はるか」には乗らず難波が終点の「ラピート」に乗った。

それは「バー・ウイスキー」の小野寺さんの酒を飲みたかったからだ。

難波から道頓堀まで歩いているうちにミナミのバーやクラブによく連れて行ってくれた泣き坊主の師匠こと的場さん（五年前に亡くなられた）が頭の中にいっぱい出てきた。たくさん飲ませてもらったしいろんなことがあったと思うと歩く速度も上がった。

そして階段を降りて「バー・ウイスキー」のドアを開けると岸和田の編集者こと江弘毅がたまたまひとりで飲んでいた。

例によって「おー井上。なんな、おまえひとりかい」

「おーまた偶然おうたのー。小野寺さんの顔見に来たんや」

「おー奥で休憩したはる、しんどそうや」

「そうか」

「井上さっきまでカリフォルニアの奴が横におっておもろかったんや一緒に歌たやんけ」

「ここで歌たらあかんやろ」

「小さな声に決まってるやないかい」

「江はウェストコースト系の曲好きやしの」

「サンディエゴの話をしたったよ」

「とりあえず俺の酒を注文させてくれや」そんなこんなで道頓堀の夜は更けていった。

◈

十一月九日土曜日、昼前に「食堂バッキー」へ行って黒板にメニューを描いていると俺よりひとまわりくらい年上の先輩達が来てくれて「バッキーこないだ高齢者酒場言うてたし七十オーバー三人で来たでえ。とりあえず生ビール三つと鉄板でイカと牡蠣焼いてくれるか」といって昼からガンガン飲み始めた。

こうなると「おーバッキーも一杯飲んでや」のフレーズが出るので俺は昼から飲むことになり毎日がきつい旅になる。この日も結局夜になる頃にはカウンターの内側ではなく外側でウイスキーのボトルを眺めていた。

これが毎日続くと街に行けなくなるので秘策を考えるしかない。きつい旅がまた始まった。

# 俺はなぜ街場の技を編み出すのか。

一月十四日火曜日、前日の夜に厳寒の中国河北省から帰って来て久しぶりにうまい熱燗を飲んだ。中国の白酒も好きだがやっぱり冬は熱燗がたまらんうまい。

そしてチョット飲み過ぎて気絶して寝て起きたら俺の誕生日になっていた。

誕生日か。誕生日はめんどくさい。子供の頃からいろいろあった気がするがなにも記憶に残っていないしそれ故に勝手に誕生日設定をよくやっていた。

一月にツレやらと遊んでいて四月生まれの奴でも飲んでる途中で「そういうたら今日お前誕生日やん」「……」「まあええやんお祝いしよ」「え、オレ?」「すまんの気付くの遅かって、乾杯や乾杯、誕生日やしもう一回最初から乾杯や、おかみさんみんなでビールからやり直しますわ」という感じになりそいつの分は他のメンバーで支払をする。

これは「誕生日疑獄」という技でなかなか高度な街場の技だ。

そして街場の技といえば新年になってからも俺は大きな新技を編み出した。

その名も「安もんのスッポン、さかずきチュウチュウ」という長い技名だが誰にでもできるシンプルな街技。説明をするのもアホくさいがせっかくなので説明責任を果たそう。

まずはええ店に行く。チェーン店系の居酒屋ではなく地元に根付いたええ店に行って静かにおとなしく飲む。気の利いた肴をあてにして飲む。チャラけずに飲む。これが肝心だ。

そして店の空気に自分自身が充分に溶けたと感じたら隣で飲んでいるツレに、「新しく開発した技を知りたいけ？」とおもむろに問いかけると「別に見たないけど何なん」と目を泳がせながら必ずこう返ってくるのでそこで酒を飲むようにサカズキを口に持って行きサカズキの中の空気をチュウチュウ吸い込んで真空にするとサカズキが顔に引っ付く、これが「さかずきチュウチュウ」だ。

この技で何かが起こったり誰かに感動を与えたり場を盛り上げたりすることはないがその店に一緒にいるツレは俺が技を決めるとほとんどの奴は何も言わずに遠くを見る目をしているだけだ。

去年編み出した技で言えば「ああ、絶壁の証明」が秀逸だ。

平安時代は美男子の形状といわれていたらしい絶壁後頭部が現代ではあまりにも軽んじられているのでそれを街場で真正面から突破するために恥をしのんで始めた技だ。

落ち着いた重厚感のあるバーか年季の入った街場のバーでおもむろにデコをカウンターにあて後頭部が水平なことを意識してその後頭部に水割りのグラスを置いて絶壁を証明し

皆を唖然とさせるのが「ああ、絶壁の証明」だ。「ああ」が重要なんだ。

俺が編み出した街場の技は他にも「白昼のセブンセブン」「酒場でアゴ万力」「実写版ヌケガラニンニク」「手の甲の血管が泣いてヒクヒク」などいろいろあるが原稿用紙がもったいないのでそれらは次回動画で紹介しよう。

◇

一月十八日土曜日、麩屋町の食堂バッキーで夕方から水割りを飲んでいたら坂本冬美の「祝い酒」という歌が聴こえてきた。さすがにええ声やなあと思っていたら歌詞の中に人生航路というフレーズが出てきたのでグラスが止まった。

三十年ほど前「上海航路」という名の小さな居酒屋に吸い込まれるように入った。殺風景な店にはおでん鍋と背が高くて昔はかなりの男前な感じのご主人が白衣を着てまな板の前にいた。音の少ない店で渋いとこやなあとそれから通うようになった。

ある日そのご主人と俺だけになったときにご主人が奥からアルバムを出してきて若いときの写真を見せてくれた。白の麻のスーツにパナマ帽や絽《ろ》の着物姿の只者でない写真を見せながら俺の肩を抱いて飲んでくれたのを思い出した。もうあの「上海航路」もなくなった。

そうかあれからもう何年経ったのかと思ってグラスを上げると「なのにあなたは京都へ行くの　京都の街はそれほどいいの　この私の愛よりもー」という歌が流れてきた。チェリッシュだ。俺はどうしたらええんや。あー。

# ココロ折れても生きる。

二月十一日火曜日祝日、食堂バッキーで第一回独身祭を開催した。俺達が呼びかけているので当然年季の入った男女が多かった。男も女も酒飲み率がとても高くさらにバツイチ率も高くフランクで飲みやすい催しになった。

独身祭といっても既婚者も来るので俺が入口で既婚者には「封」という文字のシールを貼っていた。祭といっても特に何もしないが大好きなベリーダンスだけは有志の美女達にやってもらった。

◇

二月十三日木曜日、少し前から神戸の「タクティクス」な男とよく飲むようになった。若い方は「タクティクス」というのがなんのことかわからないと思うのでチョット説明すると俺がちょうどハタチ前の頃の昭和五三年ぐらいに発売された資生堂の男性化粧品ブランドのひとつ。

あの頃なんだかヤンキー的なものに飽きた軟派な奴らに流行ったのがタクティクスだ。

それまでは俺らより上の世代が使っていたエムジー5やバイタリス、マンダムやブラバスなどの男性化粧品が主流で、野性的な強い男や高級な大人の男を意識した黒や金や銀なそんなテイストだった。

そんな時代に立方体の白いボトルに正方形の集合だけでデザインしたロゴマークのタクティクスが現れた。

スリリングで甘くて新しいブランディングを演出したパッケージや広告も見事で、当時かなり変わっていた俺も一応は好きになったしオーデコロンか何かを買ったのを覚えている。

女の人が好きそうな匂いとかモテたいとか関係なく、タクティクスのその甘い香りとそのイメージに日本の男がまずはフラフラになった。

俺もあの頃はすでにヘアリキッドではなく好きな酒場のマスターの真似をして黒薔薇のポマードや当時流行りだしたピンク色をしたディップかなにかを髪の毛に付けていたような気がする。

そしてそれから十五年後、いろいろあって俺が三十五歳くらいの頃だった。

超絶なセンスと魅惑のオーラを漂わせていた憧れの女の人に

「バッキー、アタシは男の体臭とコロンが混ざったその人しかない独特な匂いがたまらないのよ」と言われてガーンとなり体臭に乏しい俺はその日から石鹸でカラダを洗うのをやめて体臭を育んだ。

しかし半月ほど石鹸でカラダを洗わないようにして頑張ったが思うような体臭は出なか

った。

仕方がないので輸入雑貨屋で売っていたアメリカやスペイン製のケッタイな匂いのする安物のコロンを重ね合わせて俺独自の体臭を醸し出そうとしたが、行く店行く店で「バッキー、どうでもええけどチョット匂いキツないか最近」とか「メシがまずなるしその匂いはあかんて」と言われたので憧れの人が求める体臭はあきらめた。

ところが最近になって仲のいい神戸の餃子屋の男が食堂バッキーになぜかタクティクスを持ってやってきて「バッキーさんプレゼントです」と言って目をキラキラさせたので俺はタクティクスを通してあの時代のことがいろいろ目に浮かんだ。

彼は時代の空気を届けてくれたんだと思い即座にタクティクスを首筋に付けて即座に乾杯をした。

そして「俺達は乙女野郎だと思う」とつぶやいた。乙女野郎、ええフレーズだ。そう思う。

◇

二月十五日土曜日、食堂バッキーの名物マネージャーである「笑う奴には福来たる野郎」と恒例の朝飯ミーティングを「糸ちゃん」で予定していたが「笑う奴には福来たる野郎」に急用が出来てしまい延期になった。

しかし俺の「糸ちゃん」愛にはすでに火がついていたのでひとりで八条河原町裏の、京都で一番好きなうどん屋をチャリンコで目指した。

俺はうどん屋やラーメン屋で酒やビールを

注文することはほぼないが「糸ちゃん」では必ずビールを飲む。ミノ天とレバ天があるので頼まずにいられない。もうエルビスの好きにならずにいられないあるいはレイチャールズの愛さずにいられないである。

しかもスジと生姜がたっぷり入った鍋焼きうどんやスジ餡掛け細うどん、肉じゃがも中華そばも抜群だ。そして「糸ちゃん」におられるお母さんとお姉さんの感じがたまらない。今も書いていてまた行きたくなった。あー、というしかない。ほんまたまらん。みなさんぜひ糸ちゃんに行ってほしい。

◇

二月十六日日曜日、残念ながら雨降りだが京都マラソンが市中で行なわれている。賢明に走っているランナーと雨の中すれ違いながら俺は裏寺のどこかの店を目指して傘をさして歩いている。

最近「乳房は飽きる」という小説を書いていたがそれよりも親父の浮気話を親父のバンド仲間の方から聴いているほうがはるかにおもしろいからアホらしくなって書くのをやめた。ウーム、ソルロンタンである。そして俺はどこに行こうとしているのか。

# 朝の鴨川を歩く、浪曲好きのキノコ野郎。

矢沢永吉の「もうひとりの俺」が最近また俺の胸を摑んでくる。

「失うものなど何ひとつない　渇いた気分で
ただ瞳とじれば　言葉にならない切なささえ
も　心の底に押し込み生きてる」

これを聞いたらもうあかん、グッときて意味もなくあかん俺を肯定する。いやそんなええもんではない、ただ目の前にある安物のグラス上げ下げストロークが速まるだけだ。

新型コロナの影響で通っていたジムがクローズしたので毎朝家から鴨川に出て早足で歩くようになった。

糖尿病と二五〇〇以上という果てしない中性脂肪の数値とキャリア三十五年以上の痛風を少しでも普通にするため、二十年以上付き合っていただいているかかりつけの優しい医者に厳しく約束させられたので食事改善と運動を始めたのだがこれがまたゴキゲンで仕方がない。

出勤前の早朝、家から鴨川に出て鴨川の西側を北に向かって歩く。不思議なものでどうも南向きには歩きにくい。

スタート段階は広沢虎造の浪曲を聴きながら歩く。清水次郎長の石松金比羅代参や石松と見受山鎌太郎の話を聞きながら、足の細った白髪のアゴ族シャクレ協同組合の奴が酒臭い息を吐きながら歩いている。しかも滅多に着ない似合うはずのないジャージを着てドロ目で歩いているので多分朝の鴨川には異質な野郎だと思う。

朝の早い時間なのに京山幸枝若の浪曲を聴いていると夕方になれば鴨川の向かい岸の「赤垣屋」に行きたくなってくる。

そして出町柳あたりからは鴨川の東側を歩きトッキーニョやらアルシオーネやらサンタナやらを聴きながらピッチを上げる。

そのうちなぜかわからないが松田優作の「横浜ホンキートンク・ブルース」や桂銀淑《ケイウンスク》の「大田ブルース」がエアポッドから聴こえてくるともう歩くのをやめて昔のように煙草を山盛り吸いたくなる。

そして半田浩二の「済州エアポート」が流れてくるともうついに大きな声で歌いながら歩いてしまっているのですれ違うランナー達や犬を連れて歩いている人達が俺が子供の頃から浴び続けたケッタイな奴やなの眼差しを送っている。

歌に夢中になっているといつも行きすぎてしまい四条か団栗橋から街に戻る。

街を歩いてもどこもかしこもひっそりしていてほんとにさびしい。毎晩飲んで街をブラついていた自分が懐かしい。

歩くだけではなく食べるものも飲み方も変えた。なんとラーメンと焼きそばとうどんと

焼飯をやめた。これは俺にすれば衝撃的なことで自分自身でもびっくりしている。

そしてキノコばっかり食うようになった。キノコは以前から非常にスパイ度の高い食材として評価していたが最近はまるで主食のようにシメジと椎茸とエノキばっかり食っている。

そのキノコ野郎が好物である純米酒とワインを飲むのを驚異的に減らした。毎晩七、八合飲んでいた酒をやめて焼酎にした。しかも伝説の「イモの麦割り」だ。

ワインを飲むのもやめてウイスキーにした。もともと俺はウイスキーをエンドレス飲む野郎だがメシを食うところでウイスキーデンデンになれば水割りではなくロックになって飲む量は三倍になる。こうなれば俺は酔う。酔えば帰り道は遠くなり遅くなる。

そうなれば嫁さんが怒る、それに伴い俺は黙り、何も言わないことに対して怒りはますます噴火する。その因果は俺にあるので何も言えない、何も聞かない、台風通り過ぎる村人になるだけよ。

別に酒なんかなんでもいいしほぼ酒の種類にはこだわってないが飲む場と時間にはいろいろ思い巡らせてきた。

たぶん今回の新型コロナ大災害で閉店する店もたくさん出てくると思う。

この街で六十年以上生きてきて子供の頃から街の店には大変世話になった。正味の話、俺から街の店を取ったら何も残らない。ツレも仕事も付き合いも笑いも美味しいもゴキゲンさえも残らない。

キノコ野郎はもうやめて大好きなラーメン屋にもお好み焼き屋にも中華料理屋にもうどん屋にも以前以上に通わせてもらう飲ませてもらう。

酒もワインもなんでも飲みまくる。さあもう一回やり直そう。仲間でいよう。

# ケルト井上、死す。そして斎場はアロハの花が咲いた。

五月十二日、病院に入院をしていた親父が死んだ。ある程度覚悟をしていたが夜中に病院から電話があったときはさすがにあー来たかと思った。

コロナ禍が起こってからほぼ毎日行っていた病院に家族も行くことが出来なくなり、それから一カ月半ほどで亡くなった。

病院に行くときはデイリースポーツと前の日の大スポと親父指定の川魚屋の鰻弁当や高島屋の中華弁当、さか井の穴子丼や末廣のいなり寿司など毎日いろいろ買っていった。

昼前の病室でしばらく親父と一緒にメジャーリーグ中継を見ながらどうでもいいことをちょっと喋って帰るのが日課のようになっていた。小さな缶ビールや酒も買ってこいと言われ何度も病室で二人で飲んだ。

親父の体調のいいときは俺が子供の頃からよく連れてってもらった高野のひばなやにてっさを食べに行った。車椅子に乗ったままだけどマッチで火を付けてヒレ酒を飲む所作を見てやっぱり年季が入ってるなと思った。その辺のことをよくわかっているひばなやの主人も

流石ですわおやっさんと唸っていた。それにしてもヒレ酒の所作だけで唸らせるとはたいしたもんだ。寺町の寿司屋にも行ったし鳳舞《ほうまい》の流れの二条の鳳泉《ほうせん》にも行った。

ヤンチャな孫達とも車椅子で病院を出てこれまた昔からよく行っていた天壇で焼肉を食いながら、親父はヤンチャな孫達に遊びのことをいろいろ語っていたらしい。

また親父のバンド仲間が待っているアサヒビアホールやミュンヘンにも車椅子を押してよく行った。

しかも病院から出るときは必ずお気に入りのハワイアンシャツやジャケットを着るというので看護士さんも俺も面倒だったがあのドロ目で見られるとわかってる、わかってるでという感じになって服の着替えを手伝った。

そんな約一年がありコロナ禍で会えなくなった二カ月があって親父が死んだので葬式はどうしようかと思った。

まだ街は夜の営業を自粛していたときだったし家族で相談していると誰にも知らせずに家族葬にしようという流れになりかけたが、俺の嫁さんが「それでもええけどお父さん綺麗なん好きやったし祭壇だけでも賑やかにしてあげて」というので、告知はしないけど家族だけで親父の好きやった歌をかけて好きな酒やらを飲んで送ろうということになった。

朝、病院から葬儀会館に親父を運んでもらい身内でいろいろ段取りをしてから男気満開の義理の弟と裏寺の百練に昼飯を食いに行った。

親父の話をしながら鉄皿ステーキを食って

ビールを飲んでいると店のスタッフが気をきかせて有線のチャンネルをハワイアンにした。聴こえてくるハワイアンのほとんどの歌を俺が知っていることに改めて笑けてきた。

そして義弟に「それにしてもおもろい親父やったなあ」と言ったときにふと「おー、今日のお通夜のドレスコードはアロハかムームーにしよか。あかんいわれても喪主はとりあえずアロハで座っとくわ」というセリフが出てきたあと、すぐ家に電話して親父の持ってるアロハと俺のアロハをとりあえず全部会館に持ってきてと電話していた。

そしていつのまにかケルト井上が亡くなった情報が街に広がり、外出自粛のこともあって会場にはたくさんの花が集まり賑やかな斎場になった。


お通夜が始まる前、喪服で来ていた身内のみんなに俺と親父のアロハを着せて立礼も受付も会葬御礼渡し役も斎場に流れる音楽もみんなハワイアンになった。親父とも仲がよかった街の連中もどこから聞いたのかお通夜の会場にアロハで集まってきた。家族だけでやるつもりがアロハだらけで親父が好きそうな大変賑やかな集いになった。

通夜の読経が終わると当然のように斎場は宴会場になった。先斗町の百練から酒の肴とベタな料理がたくさん届き酒も豊富に揃い、街場のバーテンダーが何人もいたし上手に水割りを作ってくれた。

子供の頃に親父に殴られた幼馴染みや一緒にハワイに行った街の奴ら、親父と一緒に歌ったり演奏してくれた仲間も遅がけから来て

くれた。

棺の近くにあった親父が若い頃から使っていたマーティンのウクレレを来てくれていたゴトウゆうぞうさんが弾き始めてくれたので斎場は一気に盛り上がり、まるで親父が毎年やり続けていたパーティーのようになった。

そして俺が恒例の夜伽《よとぎ》相撲をいろんな奴と取り始めて親父のお通夜は昇天した。団の面目まるつぶれではなく、親父に対して団の面目は保たれた。これでいいと思う。

翌週、俺は網膜剥離になった。


親父のお通夜で立礼をする孫の銀太と次男の和真と孫の路万。親父の兄弟のファミリーは医療関係や公務員などまっとうな人ばかりやけど、親父の直系だけ俺を含めみんなメチャクチャである。親父は死んでもそのブラッドは街に根付いている。やっぱりいなくなればさびしいな。

# ✦あとがき

あっという間のことだったけど、目を細めて振り返るといろいろあったような気もする年月だった。

「いろいろある、いろいろあるんです」というフレーズを呟きながらも過ぎたことや去って行った人、傷つけてしまったことやココロに刺さったままの古いトゲも含めて今日も俺はどこかの店に出入りしている。

書きたいことや書かなければならないこともないのにミーツ・リージョナルという雑誌で一度も休むことなく三十年以上もコラムを書き続けてきたのは言うまでもなくそこに枠があったからだ。雑誌上の空間というか俺が書いて埋めなければならない枠が口を開けて俺を待っていたのでただ書いてきた。

ただの小さいフレームだけれど毎月書いて三十年経つと奇怪な形をした老木に近いものになっている。そしてその老木はまだ枯れずに酒を飲んでいる。

いろいろあったけど実は何もなかった年月だった。

文章など書くことがなかった俺に枠を与え続けてきた歴代のミーツ・リージョナルの編集長に感謝します。それ以上に叱ったり褒めたりして面倒見てくれてきた歴代のコラム担当の編集者に倍ほど感謝している。そしてミシマ社の皆さん。

ほんとに有り難い話です。あー、というしかない。

二〇二〇年七月　　バッキー井上

**バッキー井上**　バッキー・いのうえ

本名・井上英男。1959年京都市中京区生まれ。
高校生のころから酒場に惹かれ、ジャズ喫茶やロック喫茶などに出入りする。
水道屋の職人さんの手元を数年した後、
いわゆるアメリカの広告代理店に憧れ広告制作会社にもぐり込む。
画家、踊り子、「ひとり電通」などを経て、
37歳で現在の本業、錦市場の漬物店「錦・高倉屋」店主となる。
そのかたわら、日本初の酒場ライターと称して雑誌『Meets Regional』などで
京都の街・人・店についての名文を多く残す。さらには自身も「居酒屋・百練」を経営。
独特の感性と語りが多くの人を惹きつけ、
今宵もどこかの酒場で、まわりの人々をゴキゲンにしている。
著書に『京都店特撰──たとえあなたが行かなくとも店の明かりは灯ってる。』
『行っとかなあかん店 京都』（以上、140B）、『人生、行きがかりじょう』（ミシマ社）がある。

**残念こそ俺のご馳走。**
**そして、ベストコラム集**

2020年9月4日　初版第1刷発行

著　　者　バッキー井上

発 行 者　三島邦弘
発 行 所　（株）ミシマ社
郵便番号　152-0035
東京都目黒区自由が丘2-6-13
電話　03-3724-5616　FAX　03-3724-5618
e-mail　hatena@mishimasha.com
URL　http://www.mishimasha.com/
振替　00160-1-372976

装　　丁　寄藤文平＋古屋郁美（文平銀座）
印刷・製本　（株）シナノ
組　　版　（有）エヴリ・シンク
ⓒ2020 Inoue-Vacky Printed in JAPAN
本書の無断複写・複製・転載を禁じます。
ISBN　978-4-909394-35-4

JN084230